稲津秀樹
亀岡さくみ
黒田充代
小角亜紀子
高橋満美
中野美香
原田貴子
福島 歩
松井しおり
望月アコ

ショートエッセイ

或る日常のなかのスピリチュアル

Clover
クローバー出版

――小さきは　小さきままに　折れたるは　折れたるままに　コスモスの花咲く

ショート
エッセイ

或る日常のなかの
スピリチュアル

まえがき

「こころ」や「見えない世界」を描くって、どういうことだろうと考えていた。

スピリチュアル書はいまや書店に溢れ、そのどれもがあまりにも平易で、なにか浮わついた言葉に支えられているような気がしていた。


人生ってそんなに単純だろうか？

「見えないもの」の表現ほど能力が必要だが、その作業はひときわ厳しいものになる。

そのことはわかっていたけれど、あまり伝えてこなかった。そこまでの原稿に出逢うのは稀であるし、いまや、半分はライターの手による、こなれた文章が占めるのである。

心臓が脈打つほどのあまりにも特別な文体と出逢うことも、いまやそうない。文芸をのぞくハウツー書は、読みやすくこなれて上出来と成す。それが現代だ。

ならばいっそ、手触りの粗い、文体としては洗練していなくても、真実めいた気配漂う、初々しい書き手に語ってもらう場を創れないか、と考えた。

そうして出来たのが、このエッセイ集である。

人生を活写することは難しい。スピリチュアルを写し取ることも等しく。

だが逆に、それを「表現しよう」と勇んで臨む文体が、荒々しく書き上げたにしても、まだ血液の温かさを残していることも少なくない。

いろいろな思いにまみれた人の半生が、活字になったとき、そこに経験譚以上の人間的なものが立ち上がるかどうか、その挑戦に10人の著者が挑むことになった。

個性豊かな、日常たち、人生たち、そして――見えない存在たち。

原石たちの饗宴から、お気に入りをみつけてもらえたら、と思う。

Ｃｌｏｖｅｒ出版　出版部しるす

稲津秀樹　p6
——あなたが忘れている『人生の設計図』とは？

*

亀岡さくみ　p39
——『もう、「恋愛に悩む私」とはバイバイ！』
女の子の生き方革命

*

黒田充代　p64
——中庸女の掟

*

小角亜紀子　p152
——私、なぜてんかんで産まれたの？

*

高橋満美　p182
——本来の自分と出会った先の“ギフト”

*

中野美香　p209
——生きづらさを解消するためのスピリチュアルな
「人生という旅」

*

原田貴子　p239
——「大切なもの」

*

福島 歩　p269
——ツインレイは、すぐそばに

*

松井しおり　p308
——その生き方に覚悟はあるのか？ 巳さん&龍神さんが
教えてくれた「幸せになる」方法

*

望月アコ　p337
——あなたがサイコーに輝く３つの方法

稲津秀樹（いなづひでき）

1973年9月18日生まれ
岐阜県関市出身・フィリピン セブ島在住
ヴィハラ ダルマヤナ クタ仏教寺院 名誉僧侶：Vihara Dharmayana Kuta
マヘンドラダッタ大学 国際講師：Universitas Mahendradatta International Lecturer
起業家・心理カウンセラー・作家・講演家

著書：https://inazuhideki.com/tyosho
幸せな自由人メール：
https://inazuhideki.com/shiawasejiyumail
オフィシャルサイト：
https://inazuhideki.com

あなたが忘れている『人生の設計図』とは？

稲津秀樹

あなたは生まれる前に、何を経験するのか決めてきたことを覚えていますか？

その決めてきた経験のことを『人生の設計図』とか『人生の青写真』とスピリチュアルの世界では呼ばれています。


ここでは『人生の設計図』という言葉で統一させていただきますが、この人生の設計図は、本当にあなたが望むのであれば、いつでも修正が可能なものなのです。

人生の設計図は、ただの旅行の予定表みたいなものですので、あなたが本当に望むのであれば、事前に決めてきた予定をキャンセルして、新しい予定に書き換えることが可能なのですね。

ただ私たちは、生まれる前のことを忘れて生まれてきます。その理由は、忘れている方がリアルな体験ができるからです。

この先、何が起きるのかを覚えていると、人生における感動や驚きが減ってしまいます。そのためにあなたは生まれる前の記憶を魂の奥にしまって生まれてきたのです。

その魂の奥にしまった、生まれる前に決めてきたものが、あなたの人生の設計図なのですね。

私のパートでは、人生の設計図の修正法についてお伝えしていきます。

ただ本当は、人生の設計図の修正法は、全部で五種類あるのですが、文字数の制限がありますので、ここでは一番簡単で、現代社会のループに嵌《はま》っている方にとって、導入しやすいものの一つを取り上げてお話ししていきます。

まずは簡単に自己紹介をさせていただきます。

私は現在、セブ島（フィリピン）に住んでいます。その理由は私が仏教寺院の名誉僧侶であり、複数の事業を運営する起業家だからです。

私が名誉僧侶を務める仏教寺院は、バリ島（インドネシア）にあり、起業家として事業をしているのは日本となります。そのため私はバリ島と日本を行き来することが多いので、その中間地点であるセブ島に住んでいた方が便利なのです。

そして私は今までに起業家として十八社の法人を設立し、すべてを黒字にしてきました。こんな経歴を聞くと、「どこで経営の勉強をされたのですか？」とよく尋ねられますが、私は大学では心理学を専攻しておりましたので、実は経営については学んだことがないのです。

ただ私は大学で心理学を教える客員講師の仕事をしていましたので、心理学のノウハウを生かした経営には心がけてきました。そのお陰で、経営の素人の私でも起業家として成功することができたのです。

そして心理学のノウハウを生かした経営と書きましたが、それが今回のテーマである、『人生の設計図の修正法』なのです。

また二〇一八年十二月にはＣｌｏｖｅｒ出版から、私の著書『幸せな自由人とまじめな不自由人』を出版させていただきました。その本には『人生の設計図の修正法』については書きませんでした。

『幸せな自由人とまじめな不自由人』の本では、まじめな不自由人が幸せな自由人になるための知識と知恵がテーマでしたので、人生の設計図の修正法まで書くことが、文字数にも限りがあり難しかったのです。

でもまじめな不自由人から幸せな自由人に変わるためには、人生の設計図の修正法について知る必要があるのです。

あなたにはあなたが生まれる前に決めてきた、人生の設計図があります。
そしてその設計図の修正法を知ることで、あなたは人生を望む方向へ導くことができるのです。ここではその方法をお伝えいたします。

心の準備はできましたか？
さあ、深呼吸をして……。
ではお話を進めていきましょう。

引き寄せの法則がうまくいかない理由

あなたは『引き寄せの法則』をご存知でしょうか？　おそらくこの本を読んでいる方であれば、一度は聞いたことありますよね。引き寄せの法則とは、『良い気分』でいることで、その波動によって理想の現実を引き寄せるという、まさに魔法のような法則のことです。

私はこの引き寄せの法則で、人生を劇的に変えることができましたが、ほとんどの方はあまり効果が出なかったのではないでしょうか？

引き寄せの法則を実践したのに、上手くいかなかった方は、「引き寄せの法則なんてまやかしだ！」と思っているかもしれません。でも心理学的にみれば、引き寄せの法則は事実であり、正しく実践すれば、誰にでも効果が出せる法則なのです。この『正しく』というのがポイントです。そして最近では、量子力学という物理の世界でも、引き寄せの法則は証明されつつあります。

では引き寄せの法則が正しいのであれば、なぜ効果が出る人と出ない人に分かれるのでしょうか？

その理由はとても簡単です。

引き寄せの法則は、『良い気分』でいることが大切でしたよね。でもあなたは良い気分で居続けることができるでしょうか？　おそらく難しいですよね。

そう。引き寄せの法則は実際にあるのですが、良い気分で居続けることができないから、多くの人は引き寄せの法則で効果を上げることができないのです。

私は気分屋だから難しいと思われたあなた。
安心してください。気分をコントロールする方法が、今回お伝えする『人生の設計図の修正法』なのです。

では少し考えてみましょう。
気分って何からできていると思いますか?
考えてみましたか?
実は気分というのは、私たちの感情からできています。
私たちには色々な感情がありますよね。

喜び
怒り
悲しみ
愛しさ
憎しみ

これらは代表的な感情の一部になりますが、感情の特性は自然と湧いてくるものという点です。

今は喜ぶべきだから喜びの感情を出すとか、悲しむ感情を出してみようとかはできないのです。役者は演技力で感情を出しているように見えますが、演技で出る感情はあくまで演技であって、本当の感情ではないのですね。

感情をコントロールできるという人がいれば、「これから一ヶ月間、ネガティブな感情を出さないことはできる?」と聞いてみてください。きっとそれは無理と答えると思います。それほど私たちにとって、感情をコントロールすることは、難しいものなのです。

ちなみに私は出家してから、名誉僧侶になるまでの期間で一番苦労したのが、感情をコントロールすることでした。私のように大学で心理学を教え、そして僧侶として修行した者でも、感情のコントロールはとても難しいものです。

もし誰でも簡単に感情をコントロールすることができるのであれば、怒りや悲しみという感情なんて、誰も選ばないですよね。でも感情は自然と湧いてくるものなので、望まない感情も自然と出てくるものなのです。

そして不安定で自分では選択することができない感情が、引き寄せの法則に必要な『気分』を作り出すわけです。そのため感情をコントロールすることができない人は、引き寄せの法則を正しく使うことができないということなのです。

感情は自然と湧いてくるもの。でもどこから?

ここまでは『引き寄せの法則』は実際にあること、そして『良い気分』でいるためには、良い気分を生み出す感情を出し続けなければいけないことを学びました。

ではその感情は、どこから生まれるものなのでしょうか?

それは『観念』です。

観念とはもともとは仏教用語なのですが、今は一般的に使われています。

観念とは、主観的な物事の捉え方のことで、別の言い方をすれば主観的な価値観という意味です。

そしてよく似た言葉で概念というものがありますが、概念とは客観的な物事の捉え方のことで、客観的な価値観とも言います。つまり観念と概念は、主観的か客観的かの違いだけなのですね。

では観念と概念の違いを理解するために、ひとつ例を挙げますね。

例えば、納豆は誰が見ても納豆ですよね。納豆を見て豆腐とは言わないですよね。この『誰が見ても』というところがポイントになるのですが、誰が見ても……ということは、それは客観的ということになりますよね。ですからこの例は概念ということになるのです。

では、あなたは納豆が好きでしょうか？ 私は大好きですが、なかにはあの独特の匂いと粘り気が嫌いという人もいると思います。好みは人それぞれで、主観的なものですよね。つまりこれが観念なのです。

大切なことなので観念というのは主観的なもの、概念というのは客観的なものとだけ、まずは覚えておいてくださいね。

では話を戻しますが、私は感情というものは観念から生まれるものとお伝えしました。これはどういうことかというと、主観的な物事の捉え方（主観的な価値観）によって異なる感情が生まれるという意味なのです。

「あなたって変わっていますね！」

と私があなたに言ったとしたら、あなたはどのような感情が湧くでしょうか？

A　悲しい感情、または怒りの感情

B　喜びの感情

あなたはAとBであれば、どちらでしょうか？

もちろんこれはどちらが正しいというわけではありません。先ほどもお伝えしましたが、観念というのは主観的な物事の捉え方（主観的な価値観）ですので、正誤というものはなく、ただそこから生まれてくる感情が違うだけなのですね。

ちなみに私はBの喜びの感情が湧きます。

なぜなら私は『変わっている』という言葉を、個性があるという捉え方をするからです。ですから私にとって『変わっている』という言葉は、褒め言葉なのですね。

でもAの悲しみの感情、または怒りの感情が湧く人もいると思います。その方は、おそらく『普通ではない』という捉え方をしているはずです。そしてAを選んだ方は、『普通でなければならない』という観念があるのです。

もう分かりましたね。

同じ「あなたって変わっていますね！」という言葉を言われたとしても、私たちが持っている観念、つまり主観的な物事の捉え方によって、ポジティブな感情が湧く場合もあれば、ネガティブな感情が湧く場合もあるのです。

そしてその感情によって、私たちの気分が作られていくだけなのですね。

先ほど、良い気分を維持するには、良い気分の元であるポジティブな感情を出し続ける必要があるとお伝えしました。

そしてポジティブな感情やネガティブな感情は、どのような観念を持っているかによって変わるものなのです。

もしあなたが何かの出来事でネガティブな感情が湧いてくるのであれば、その原因となるネガティブな観念が潜んでいるはずなのです。

あなたが引き寄せの法則を実践しているのに、劇的な変化がないのであれば、それはあなたが持っている『ネガティブな観念』が原因ということなのです。では人生の設計図の修正法をお伝えする前に、まずは観念がどのようにあなたの人生を創ってきたかについて、お伝えしていきます。

どのように観念は身につくのだろう？

生まれたばかりの子どもは、ほとんど観念を身につけていません。ほぼ真っ白なキャンバスのような状態で生まれてくるのですね。そして育っていく内に、周りの影響を受けて、少しずつ観念を身につけていくのです。

では周りの影響とは何でしょうか？

それは親や兄弟、学校の先生や友人、職場の上司や同僚、テレビや新聞などの影響のことです。

例えば、親から「お金を持つと不幸になる」と聞きながら育つと多くの場合、子どもはお金に対してネガティブな観念を持つことになります。

職場の上司から、「普通はこうするべきだ」と言われれば、あなたはそれが社会の常識と思い込むかもしれません。

テレビや新聞の報道を読んで、あなたは何かしらの主観的な物事の捉え方の影響を受けることもあるでしょう。

このように私たちは、周りの影響から観念を身につけているのですね。

ちなみにテレビや新聞を客観的なものと思い込んでいる人もいるのですが、本当はテレビも新聞も主観的な意見を伝える媒体なのです。その証拠にテレビにはコメンテーターの、新聞には記者の主観が入っているので、テレビ局や新聞社によって伝えている内容が違う場合があるのです。

ですからマスコミの情報は客観的なものではなく、主観的なものと覚えておいてください。

あなたの人生を創る『観念の法則』とは?

私たちは周りの影響によって、身につける観念が違います。そしてその観念によって、私たちの人生の設計図が作られていくのです。

では観念がどのように、あなたの人生を創っているのでしょうか?

ここは大切な部分ですので、しっかりと理解してくださいね。

私たちは周りの影響によって、観念を身につけていきます。そして観念から感情が湧き、感情が思考になり、思考が行動として表れ、行動から結果（あなたの人生）が創られるのです。

【観念→感情→思考→行動→結果（あなたの人生）】
という流れです。

例えば、あなたの観念が『起業は不安定で、会社員の方が安心』というものであれば、きっとあなたは知人から、一緒に起業をしようというお誘いを受けても、あなたは「失敗したらどうしよう？」という不安の感情を抑えきれないと思います。

次に不安の感情が湧いているあなたは、「どうするべきだろう？」と思考するのですが、おそらく「私は会社員のままでいいよ」と相手に伝えて申し出を断るはずです。

そして断ったという行動の結果として、会社員のままでいるという結果（あなたの人生）になるのです。

これは一例ですが、私たちは必ず観念から感情が生まれ、感情が思考になり、思考が行動に変わって、あなたの人生を創っているのです。

だからこそ観念を変えなければ、あなたは人生を変えることができないのです。

その観念を変える方法こそが、人生の設計図の修正法なのです。

引き寄せの法則は、とっても強力な方法なのですが、多くの方が上手くいかない理由は、良い気分でいるために必要な感情を生み出す『観念』を変えていないからなのです。

もしあなたが引き寄せの法則を実践し、劇的に人生を変えたいのであれば、まず観念を変えていきましょう。

私は大学で心理学を教えていましたので、感情の元には観念があることを知っていたから、引き寄せの法則で人生を劇的に変えることができたのです。

自分の中にある観念を見つけるコツとは？

観念というものは主観的な物事の捉え方なのですが、本人にとってそれは主観的なものではなく、客観的な常識として捉えていることが多いので、自分ではなかなか観念を見つけることができないものなのです。

なぜなら自分が信じているものは、当たり前のことと認識しているために、疑うことすらしないのが人間だからです。

でもあなたには感情があるはずです。そしてその感情は観念に反応する特性があるとお伝えしましたよね。ですから自分の中にある観念を探すためには、まず自分の感情を注視することが大切なのです。

【感情が湧く時には、そこに観念が隠されている】

自分の中の感情を気づくことが、あなたの観念を発見する手がかりとなるのですね。

例えば、あなたが友人に「○○さんは、女性なのに男っぽいですね」と言われて、あなたに怒りの感情や、悲しみの感情が湧いたとしたら、あなたには『女性は女性らしくいなければならない』という観念が隠されているということです。

このように感情が動くとき、そこには観念が隠されているということを覚えておいてください。これが自分の中にある観念を見つけるための方法の一つです。

ちなみに友人に「○○さんは、女性なのに男っぽいですね」と言われても何も感じないとしたら、あなたはそこに観念を持っていないということになります。

人生の設計図を創る観念の修正法とは？

見つけた観念がポジティブな感情を生むものであれば、それは気にしなくても大丈夫ですが、見つけた観念がネガティブな感情を生むものなら、早めにその観念を修正していきましょう。

ネガティブな感情を生む観念をそのままにしてしまうと、引き寄せの法則によって、ネガティブな現実を引き寄せてしまいます。そしてその観念を元に、あなたの人生の設計図が作られてしまうのですね。

先ほども伝えましたが、観念から感情が湧き、感情が思考を生み、思考が行動になり、行動が結果につながるのです。

【人生の設計図の正体は、観念である】

これはすでに心理学では証明されている事実なのです。

そして観念を修正する方法は全部で五種類あるのですが、ここでは一番簡単な方法をご紹介いたします。

★手順①

あなたが自分の中に見つけた観念は、生まれつき備わっていたものではありません。あなたの観念は親や兄弟、学校の先生や友人、職場の上司や同僚、テレビや新聞等で身につけたものです。

その観念を『何歳のときに』『誰から』『どのような観念なのか?』を明確にしましょう。

例：十五歳（中三）のときに、母親から身につけた『周りの人から認められなければならない』という観念

このように『何歳のときに』『誰から』『どのような観念なのか?』をノートに書き出してみてください。

観念というものは、本人にとってそれは主観的なものではなく、客観的な常識として捉えていることが多いと伝えましたよね。ですから『何歳のときに』『誰から』『どのような観念なのか?』を明確にしなければ、その観念を見直すこともできないもの

なのです。

ですから見つけた観念を、『何歳のときに』『誰から』『どのような観念なのか？』をノートに書き出して、まずは視覚化することが大切なのですね。

★手順②

手順①で視覚化した観念に対して、「本当に？」と自分に問いながら、それについての反論を紙に書き出していきましょう。

例：『周りの人から認められなければならない』という観念を持っている場合は、『なぜ周りの人に認められる必要があるのだろう？ 全員に認められることは無理なことなのだから、周りの人に認められなくても良いのではないか？』

このようにあなたが持っている観念に対して、「本当に？」と自分に問いながら、その反論を紙に書いてみてくださいね。

★手順③

手順①では、あなたが持っている観念を明確にしました。手順②ではその観念に対して、反論を紙に書き出しましたね。

そして手順③では、あなたがすでに持っている観念と反論を読みながら、「どちらが自分自身を幸せにする観念なのだろう？」と考えてみましょう。

例：すでに持っている観念は『周りの人から認められなければならない』

その反論は『なぜ周りの人に認められる必要があるのだろう？ 全員に認められることは無理なことなのだから、周りの人に認められなくても良いのではないか？』

この例の場合であれば、あなたはどちらの観念を持った方が、自分自身を幸せにできるでしょうか？ もちろん反論で書いた後者の観念ですよね。

このように、どちらの観念が自分を幸せにするのかを考えてみましょう。ただし他人軸ではなく、自分軸で考えていくことが大切になります。

★手順④

自分自身を幸せにする観念を選択したら、その観念を紙に清書して、財布のお札入れの部分に入れておきましょう。そして一日三回紙を出して音読してください。それを三週間から一ヶ月間ほどしてみましょう。

この方法を正しく行えば、約八割弱の観念を変えることができます。そして観念が変われば、感情が変わり、思考が変わり、行動が変わり、結果として人生が変わるのです。

そして約八割弱の観念は、この方法で変えられると伝えましたが、観念の中には頑固でなかなか変わらないものもあります。その場合は、残りの四つの方法をすることによって、確実に観念を修正することができるのです。

この本は共著という形式ですので、文字数に限りがあります。そのため今回は一種類の方法しかお伝えできませんが、この方法は誰にでもできて効果も高いものになりますので、人生の設計図である『観念』を変えて、引き寄せの法則を正しく使いたい方は、ぜひ試してみてくださいね。

人生の設計図の目的欄に書いてあること

ここまであなたの人生の設計図である『観念』の修正法をお伝えしましたが、最後に人生の設計図の目的欄に書いてあることについて書いておこうと思います。

【できる限り、愛に溢れた人生にする】

これがあなたの人生の目的なのです。あなたは自ら望んで地球に転生してきました。地球は三次元でその特徴は、分離を経験できるという点です。

三次元というのは物理世界のことです。物理世界で生きていくためには分離を経験する必要があるのですね。なぜなら三次元の物理世界では、何かを定義することが必要不可欠だからです。

例えば、『美』というものを定義すれば、その定義から外れたものは『美』ではないと定義することになりますね。

『スタイルの良さ』を定義すれば、その定義から外れた『スタイルの悪さ』を定義することになります。

『才能がある』を定義すれば、『才能がない』も同時に定義していることになるのですね。

このように私たちは、三次元の物理世界である地球で生きていくために、比較や区別、分類することが必要となるのです。比較や区別、分類をしなければ、食べられるものと食べられないものを分けることすらできないからですね。

しかし比較や区別、分類がいき過ぎた結果、人種差別や階級社会、戦争などの問題を引き起こしているのです。そして比較や区別、分類をするためには、何かの基準が必要となります。

それが今回お伝えしました『観念』なのですね。

仏教の始祖であるお釈迦様は、観念という執着を手放すことが、悟りへの道と説かれました。その方法として五つの方法を示されたのですが、その中の一つの方法を現代版にアレンジしたのが、今回お伝えした方法なのです。

ここでお伝えしました『人生の設計図の修正法』を正しく使うことで、引き寄せの法則で望む現実を引き寄せることができます。ぜひ活用して、あなたの人生を愛で溢れさせてください。

令和の時代の生き方

令和の時代になりました。

令和は、アセンションと呼ばれる次元上昇が完了する時代となります。アセンションはいきなり起こるものではないので、変化に気づきづらいと思いますが、着実にアセンションは起きているのです。

そしてアセンションの気流に乗り遅れないために、あなたが意識するべき三つのことがあります。

自分軸で生きる（自分に成る）
観念を選択する（統合する）
幸せな自由人として生きる

この三つの生き方をすることが、アセンションの気流に乗り遅れないための方法なのですね。

★自分軸で生きる（自分に成る）

自分軸とは、本当の自分に成るという意味です。もちろん今のあなたも自分自身であることには間違いはないのですが、多くの人は本当の自分で生きていないことが多いものなのです。

あなたは、本当にしたいことをしていますか？
あなたは、我慢していることはありませんか？

この二つの質問に自信を持ってＹＥＳと答えられるのであれば、あなたは自分軸で生きていると言えます。

★観念を選択する（統合する）

観念を選択するとは、自分自身を苦しめる観念を手放していくという意味です。
そして自分自身を苦しめる観念というのは、三次元で物理世界特有の分離の波動を手放して、本来の波動に統合するということなのです。

★幸せな自由人として生きる

幸せな自由人とは、人間関係・お金・時間・場所・健康・観念の六つから自由になるという意味です。現代社会は人間関係から逃れることはできません。生活のためにお金も必要です。そして自分の時間を充分に取りづらい時代なのですね。

これらの六つの自由を得なければ、愛に溢れた人生を送る余裕すらなくなってしまうものなのです。

ですから令和の時代は、幸せな自由人になって六つの自由を手に入れる時代とも言えるのですね。

ここまで読んでいただき、ありがとうございます。

私は小学二年生の頃、不思議な体験をしました。その後何度か不思議な体験をすることになるのですが、そのことがあってから、人生の本質について考えるようになったのです。

その人生の本質を見つけるために、起業家になり、大学で心理学を研究するようになり、出家し名誉僧侶になるまで人生を探求してきました。

そして人生の本質を見つけてきました。

それが『できる限り、愛に溢れた人生にする』ということだったのです。

あなたは、毎日愛に溢れた生活をしているでしょうか？

毎日の生活に追われていると、なかなか愛に溢れた生活をすることは難しいと思います。でもできることから始めてみましょう。

何度も書きますが、令和の時代はアセンションの時代です。仏教で言えば悟りの時代とも言えます。そんな稀有な時代に生きる者同士、楽しみながら本来の自分になっていきましょう。この本によって、そのためのお手伝いができたとすれば、著者としてとても嬉しく思います。

またもっと深く知りたい方は、『幸せな自由人メール（無料メルマガ）』を読んでみてくださいね。インターネットで【稲津秀樹】と検索していただければ、私のオフィシャルサイトが見つかると思います。

ではここまで読んでいただき、本当にありがとうございました。

亀岡さくみ（かめおかさくみ）

「My Shining Life https://www.my-shining-life.com/」運営管理者。

1988 年 7 月 10 日生まれ・かに座・愛読書はキングダム。
大学卒業後、看護師として働いた後、IT 企業へ転職。
30 歳になり、たまたま仕事と恋を同時に失ったことを機に念願だったフリーランスの道へ。
その後、ある強烈な夢によって、自分の正体や生まれてきた意味を知らしめられる。

それが転機となり、2 人の仲間と再会し、自然な流れで女性向け WEB サイト「My Shining Life」を共に立ち上げることに。

「My Shining Life」の理念は、一人一人の女性が、自分と繋がり自分自身の輝く人生を歩んでいくことをサポートすること。

今はサイト運営出来る日々を心から楽しみつつ、日々私自身の「Shining Life」を爆走中！

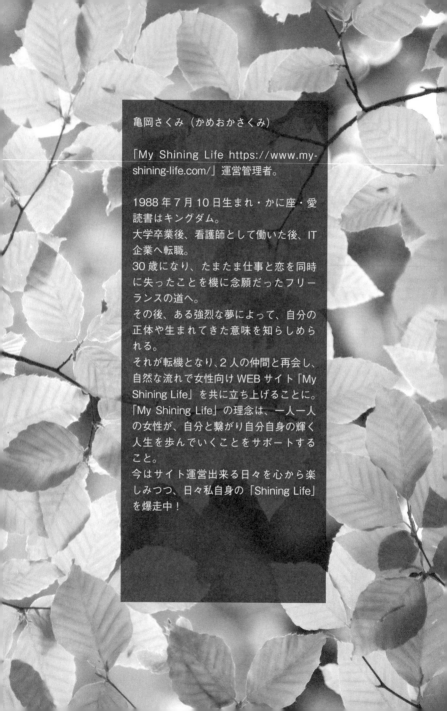

『もう、「恋愛に悩む私」とはバイバイ！』女の子の生き方革命

亀岡さくみ

■プロローグ

女の子は、
恋愛に悩むために生まれてきたわけじゃない。

女の子は、
誰よりも輝き世界中を虜にするために生まれてきた。

mizuki.

■恋愛に悩まなかった日がない、20代の私

はじめまして。

私は都内で暮らすアラサー女子のさくみです。

自分でこう言うのもなんですが、私は見かけも中身も、本当に「普通の女の子」なんです。

だから20代の頃は、普通の女の子がそうするように、普通に沢山恋愛してきました。

ただ、その恋愛の内容が年々ハードになっていったことは否めません。

20代の頃の私の恋愛経験をざっと振り返ると……。

鬼のような数の合コンに参加し、ときには身体の関係だけ持って、翌日には捨てられ、呆然とすることもありました。

また、世間では「好きになってはいけない」と言われているような人との恋愛も経験しました。

ときには、彼に捨てられないために身も心もボロボロになるまで彼の言いなりになったこともありました。

そして、基本的にはいつも「振られる」側でした。

今思えば、私って結構「体を張って」恋愛してきたんだなあという感じですが、当の本人は別にそんなつもりなかったんです。

私としてはただ、「幸せな結婚をして可愛い子供を産む」という目標に向かってまっしぐらに走っていただけ。

そんな20代を過ごしてきた私は当然「恋愛に悩まなかった日」がありませんでした。

ねぇ知ってた？
恋に破れたあなたも十分素敵よ。

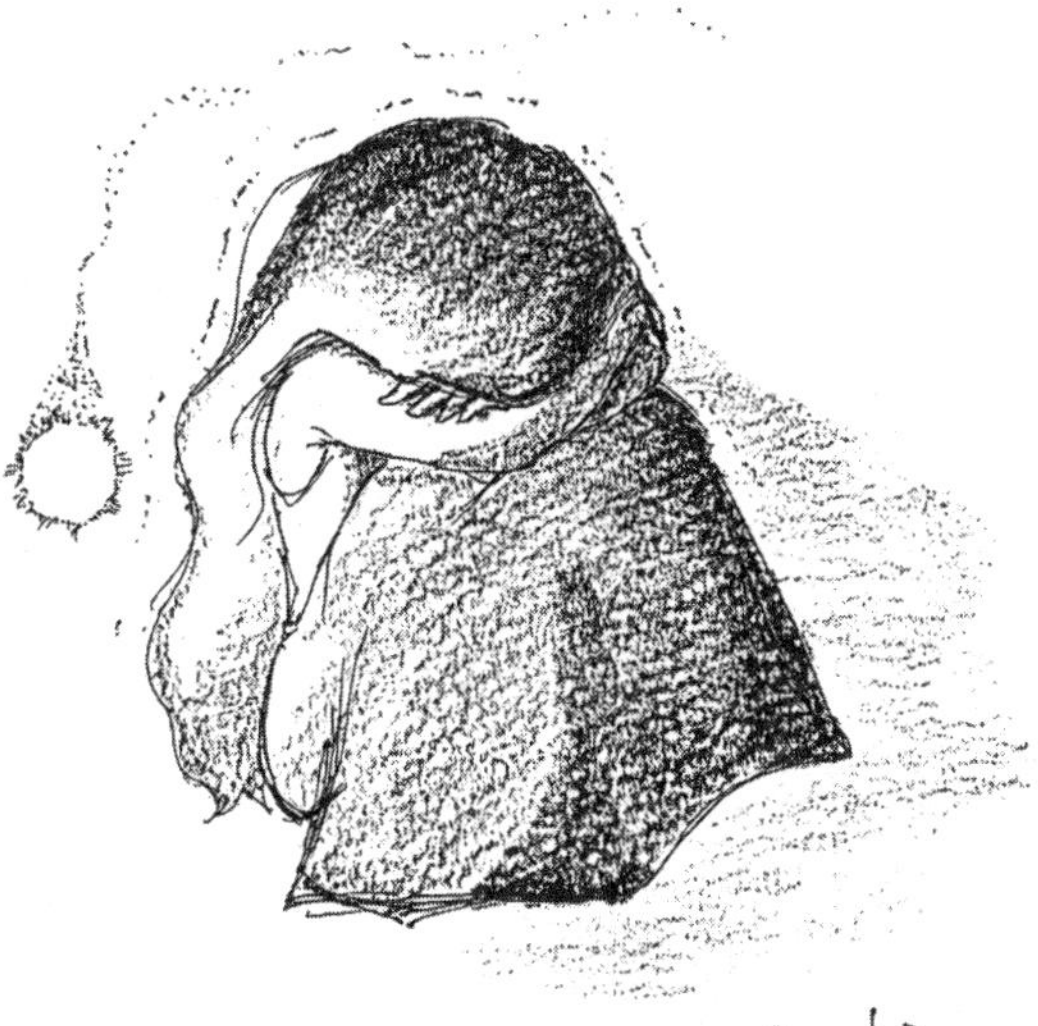

実は、失恋してちょっとホッとしていたりして。

あなたは絶対に大丈夫だって分かっているから、
私は安心してここで待っているよ。

■私は恋愛を頑張りすぎて、ちょっと悟ってしまったみたい

ではここから、このエッセイを書くきっかけにもなった、ちょっと怪しい私の体験をシェアさせてください。

忘れもしない「2019年5月14日」、私はこんな夢を見たんです。

真っ暗な空間の中にいる私の目の前に、赤い火の玉の形をした物体が現れ「私の正体は無」、「もう思考の奴隷になるな」という二つのメッセージを送ってきました。

その次の瞬間、私は目が覚め、「私たちの本当の姿は魂であり、私たちは魂の望みを叶えるために生まれてきた」ということを直感的に悟ってしまったのです。

この時の私の気分はと言えば、「驚いた」というより「長い眠りから覚めた」という感じでした。

きっと、20代の私は無意識にこの「人生の絶対的な真理」を求めていたのだと思います。だから、散々傷だらけになりながらも果敢に恋愛してこられたのでしょう。

恋愛でも何でも、人って限界まで頑張ってみると悟りの境地に入ってしまうものなのかもしれません。

彼があなたの元から離れていきそうで怖いの？
彼はね、あなたのことが嫌でそうなっているんじゃないの。
ただ、今はちょっと考え事が多いだけ。

だから女の子は、
どしっと構えてそっとしておいてあげてくれないかな？

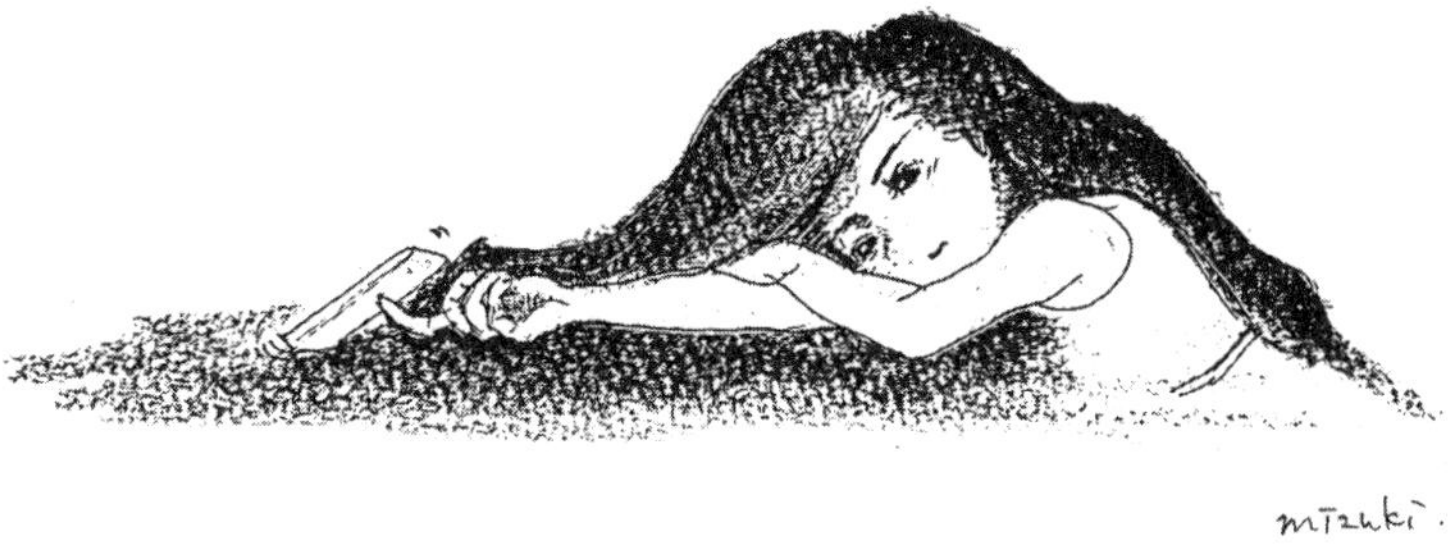

もし彼に声をかけたいんだったら、ちょっと一呼吸置いて考えてみて。

『あなたは「彼のため」にその声をかけるの？』
『それとも「彼を失いたくない」からその声をかけるの??』

今のあなたが彼にしてあげられるのは、
彼の思う通りにさせてあげることだけなんだよ。

辛いけどねっ！

■私が女の子として生まれてきた目的は「結婚」にも「出産」にもなかった

20代の私が体当たりで恋愛をしてこられたのは、「幸せな結婚をして可愛い子供を産むため」だったということは先にご紹介した通りです。

そんな、普通の女の子が求めるであろう「幸せ」を手にするために、私は体当たりで恋愛してきたわけなのですが……。

実は本心ではこんな風に思っていたのです。

「私は別に、結婚も出産も、そこまで興味ない。っていうか、どっちでもいい‼ 結婚と出産を人生設計図に入れなくて済むなら、私はどんなに自由になれるだろう」。

こんな本心に気付きつつも、私が「結婚」「出産」を人生の目的とすることを諦めなかったのは、「女の子の幸せは結婚と出産にある」という思い込みが捨てきれなかったからです。

もう時代は「令和」だというのに、こんな思い込みを持っていた自分が本当に恥ずかしい……。

でも、今回のあの「悟り体験」を通し、私は「結婚」「出産」という未来予定からようやく完全に解放されました。

そして、私という一人の女の子の中で、こんな「生き方革命」が起きたのです。

「私が女の子として生まれてきた目的は、「結婚」でも「出産」でもない！

私は、私の魂の望みを叶えてあげるために生まれてきた。

だから私は、私を生きる！」

こんな革命が起こってしまったらもう、

「スペックの高い彼氏をつくるには？」
「彼にずっと愛されるには？」
「彼にプロポーズしてもらうには？」

なんていうのは、本来「悩まなくてもいい悩み」だったのだと気付かざるをえないですよね……。

こうして私は、10年連れ添った「恋愛に悩む私」とあっけなくバイバイすることができたのです。

運命の恋に敗れたあなたへ

彼を自分の元から飛び立たせたあなたは、最高すぎる!!

mizuki.

■私は輝いて輝いて輝いて、運命の彼に見つけてもらう

私、この度少しだけ悟りを開いてしまいましたが、引き続き恋愛至上主義者であることには変わりありません！

ただ、もう「恋愛に悩む私」とはバイバイしたので今までみたいに、男の子に愛されるためには頑張りません。ましてや、結婚や出産という出来事のためにも頑張りません。

だって、そこを頑張ってしまうのは、「私」じゃないから。

その代わり、これからは男の子のために使っていたエネルギーを、全部全部自分のために使うことにしたんです。

そして、輝いて輝いて輝いて、私のことを運命の彼に見つけてもらう‼

こんな生き方が、これからの女の子達の「常識」になるといいなあ！

また恋をしたんだって？ おめでとう！

きっと神様は、
君がもっともっと輝くために
その男の子をこの世界に放り込んでくれたんだよ。

だからさ、
「彼のことが好き」っていうエネルギーは
君を輝かせるために使うといいよ。

そうすれば、彼は君のことを必ず見つけてくれるから。

■おわりに

きっとみんな、自分で自分を幸せにしてあげたいだけなんです。だってそれが、この世界に生まれてきた意味だってことを本能的に分かっているから。

だから女の子の場合だと「素敵な彼氏」「幸せな結婚」「可愛い子供」というプレゼントを自分にあげたくて、とにかく頑張っちゃう。

そうすれば、自分を幸せにしてあげられるって信じているから。

別に、女の子がそれを楽しんでやっているなら構わない。

自分が恋活や婚活を頑張れば頑張るほど、輝けている自覚があるなら、本当に良いと思う。

でも、20代の私のように、ひたすら恋愛に悩み、傷つき、輝くことを忘れてしまっていたなら、そろそろこのことに気付いてあげてほしいな。

あなたがあなたにあげられる最幸のプレゼントは、あなたという女の子を光り輝く
存在にしてあげられることだって。

イラスト：Mi.

黒田充代（くろたみつよ）

宮城県在住、作家、ヒーラー

日々の暮らしの中、いまを共に生き抜くスピリチュアルを信条としている。
目に見えるものと目に見えないもの。その真ん中に自分の存在を感じながら過ごすことの大切さがあるのではないだろうか。

世界中に溢れる陰陽のバランスを、私らしい感覚（中庸な心）で捉えた生き方を提唱する。

主な著書
『私は、悲しみも劣情も、静やかに眺める。』
（Clover 出版）
ブログ：
http://ameblo.jp/717happy-oggi/

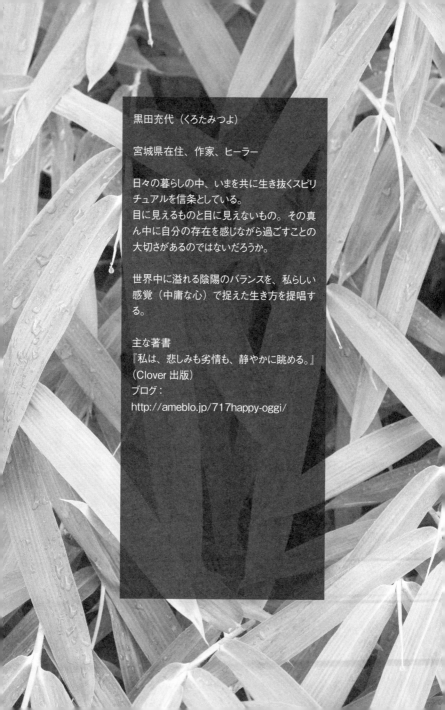

中庸女の掟

「旅の途中」
「刻」
「私という生き物」
「所作の真意」
「ぶれる」
「自分の物語」
「ヒトリゴト」
「血の気」
「ある日のメッセージ1」
「甘受」
「中庸女」
「孤独の正体」
「ちいさな戦」
「信頼関係」
「灯心」
「癖者」
「ある日のメッセージ2」
「スピリチュアルな暮らし」
「まっさらな眼」
「運命のひと」

黒田充代

「愛撫」
「気づきの種」
「心積もり」
「ある日のメッセージ3」
「あなたと私」
「自分の本質」
「リアリティ」
「足るを知り続ける」
「擦れない女」
「飛べない鳥」
「引き出し」
「空模様」
「ラムネ瓶の中」
「中庸的絶対論」
「愛について」

「ある日のメッセージ4」
「刀」
「欲しがるとき」
「以心伝心」
「四季」
「育ち」
「活力」
「ふわり秤」
「志」
「変身」
「住処」
「猫も」
「枠にはまる奴」
「その途中で」
「屍」

「温故知新」
「対極」
「知識と知性の溝」
「互い違い」
「考える人」
「縮図」
「奏でる」
「足音とともに」
「掟はスパイス」

「旅の途中」

自分探しの旅。
それは…自分にまだないものを探すことだと思う?
私は、そうは思わない。
私がすでに持っている感覚と、生きながら触れ合っていくものだと信じているから。

これからも旅は続くよ。
いまの自分も
この旅も
ひたすらに
味わい深くなればいい。

「刻」

朝
始まりをくれる。
終わりをくれる。

昼
繋がる糸。
続く道標。

夕
近くて遠い路。
すべてが見え隠れする瞬間。

夜

隠してくれるもの。
悦びをくれるもの。
やすらぎをくれるもの。
剥がしてくれるもの。

なにもない一日なんてないの。

刻もうとするか…
刻もうとしないか…

ただそれだけだ。

「私という生き物」

ふと見上げた空には
ほっそりと月があって
草と土が夏の匂いをさせている。
なんというか…
地球を味わえた幸福感がある。

私って安上がりにできているかな？
いまの私と
強烈に愛しいこの瞬間へ
忘れないうちに…
ありがとう！

「所作の真意」

絶好調に整えられたら
グラウンディングができている。
そういうものかな？
でも。
それだけじゃ…
なんだか毎日が勉強みたいな気がするよ。

バンザイ！と両手を大きく空に伸ばす瞬間。
地面を強く両足の裏で踏みしめる瞬間。
何も考えないで
空と地面と私は繋がる。

遥か遠く彼方に

私、舞い上がってもいいの。
私の地面に着地できればいいの。

私の中に
私の流れがしっかりと脈づいていく。
良い流れにだって
悪い流れにだって
自分らしさで耐え得ることのできる強さだ!

目立たないけれど
重みある存在を自分の中に持つということ。
それがグラウンディングだと私は思うの。

「ぶれる」

悶々とする私も
苛立つ私も
甘くとろける私も
情け容赦ない私も
全部ひっくるめて私の一部だって…
ある日気づいたの。

そうしたら…
なんだ？ この安堵する感じは？

卑しい部分も情愛溢れる部分も
持ちながら生きるから
人間らしい私なのかもしれない。

あぁ…ぶれてしまう…

上等じゃないか！

「自分の物語」

「使命を持って！」

と言われても…

正直よくわからない。

だけど。
（わたしってなんだろう…？）
（なんのために生きている？）
自分を探究し始めたら
もうその時点で

使命といえるのではないかな。

幸せな物語は、悲しい物語でもあるんだ。
同じひとつの物語だったとしても
自分がどこにいるのか…で
その物語の味わい方はちがってくるのだろう。
だから
喜怒哀楽の置き場を
簡単に決めつけちゃいけない。

わたしは幸せです。
そうして
なんだか悲しくもあるのです。

そっと…後ろを振り返ってみる癖。

なにかを成し遂げてなんかいなくても
自分の人生！
飴と鞭で
鍛練できたらいいね。

「ヒトリゴト」

何かをやらなかった後悔よりも
何かをやった後悔のほうがいいって
聞いたりもするけれど。
生きる上で、どちらにしても後悔をするのなら。

素直になれなかった

心残りの私に
「馬鹿だなぁ…」
正直に言ってみる。

素直になり過ぎて
失敗しちゃった私に
「馬鹿だなぁ〜」
優しく言ってみる。

たとえこの世界が
辻褄を合わせるように賢く周っているのだとしても。
その中にいる人間くらいは
単純なままで在り続けたいと思うんだ。

「血の気」

猛烈に頭で考えてわからないときは
きっと心で感じてもわからないときだ。
その逆も然り。

休息の時間はその為にある。

ぷかぷかと。
ぬくぬくと。
水面に浮かぶように
頭も心も揺れ漂えばいいのさ。

自然と…たぐり寄せられた場所
それは、今のあなたが現実に戦う場所だよ。

「ある日のメッセージ1」

周囲の反応や誰かの声。
ドキッと…心がざわつく。
ゆらゆらと…心が揺れた。

それでも
問題はそこじゃないはず！
その後が大切な自分時間なの。

気持ちや感覚。
最後に戻るべき場所が
自分自身の中にあるということ。

「甘受」

私は、私のすべてを愛すればいい。
責任をとる…っていうのは
自分を許す…ということじゃないかな？

「中庸女」

ネガティブでもあり、ポジティブでもある。
両方持っているという…中庸女。
それでも、真ん中の部分は決まっている。
私の場合は「無」だ。

軸は無。
そこに戻りつつ
また世界を見て歩く。
旅して歩く。

人によっては
真ん中が超ポジティブ！
或いは
超ネガティブ！な人もいるだろう。
それは基本、その人の真ん中だ。

あちこち、気分を旅して歩くと
疲れてしまう…となるのか？
こんな世界もある！となるのか？
自分自身の真ん中を知っているかどうかで

だいぶ、その旅は違ってくるはずだ。

ブレやすい
好奇心旺盛
言い方だって変わってくるからね。

会いたいけど、会いたくない。
会いたくないけど、会いたい。
知りたいけど、知りたくない。
知りたくないけど、知りたい。
好きだけど、好きじゃない。
好きじゃないけど…好き。

ただの…ちんぷんかんぷん的、支離滅裂な私として片づける？

どんなに膨大な感情や感覚を持ってしまったとしても、私。

どんなに数少ない感情や感覚しか持てなかったとしても、私。

私が何処にいたとしても
それはどこまでも…私なのである。

時に悪あがきせず
気分屋に戸惑うな
人は変えられない
自分は変えられる
自分は変わる。

私の印象。
周りの人によって様々だと思う。

わけわかんない人
いい人
何を考えているのか読めない人。

外から見える私は色々。
印象があればあるほど
自覚すれば
それは私の面々だ。

ただ、真ん中は必ずある。
たまたまそれが、私の場合は「無」だったのだけれど。

「孤独の正体」

いてもいなくてもいっしょ。
あってもなくてもいっしょ。
ただ、自分がいるだけ。
いま…
そのことに気づいただけさ。

「ちいさな戦」

ここを超えなくちゃ!
超える?
揺れる私

まるごと抱えて超えたいよ。

私は何と戦っているのだろう？

戦っているとしたら…
私の敵は私自身。
私の味方も私自身。

本気で戦うからこそ
平和に辿り着ける。

平和な私には…
嫌な部分も
好きな部分も
一緒に存在している。

揺らぐ感情も含めて
私自身を好きでいたい。
そうして…
見渡せていくのだ。

「信頼関係」


自分の本音と向き合う。

だからといって、勿論どうにもならないことはある。

ただそれでも、私の真ん中を私がわかってあげられたら、きっとずっと素直な私でいられる気がするの。

成長するためや叶えるためだけに、自分の本音と向き合えば、嘘を覚えてしまうこともある。

自分に嘘はつきたくない。

もしも自分に嘘をついたとしたら…嘘な私もそのままに見つめてあげる。


大丈夫。

いつだって私の真ん中は、私に包まれているのだから。

「灯心」

人生で、いったい何度…魔女や魔王に出くわすのだろう。


信じるか信じないかは、いつだって自分次第。

遠い先に…絶望の地を思い描くのか、そうでないかで、日々を心揺らす…その意味は変わってしまう。

自分を信じて一喜一憂するのと、自分を信じないで一喜一憂するのでは、同じく動揺するのだとしても…全然違うのだから。

人生は魔法の国を旅するのといっしょだ。
涙も笑いも、必ずやってくる。

自分の心に強さを灯して…
この旅を続けよう！

「癖者」

嬉しさや楽しさを味わえば
それは胸いっぱいに満たされる。
でも…
寂しさや辛さを味わったとしても

ほら！胸いっぱいに満たしてしまうじゃないか。

どちらだって想いは満ちるから
心も体も鈍くなる。
だとしたら…
ほんとうに自分の好きなものを味わうためにも
もがかなくちゃ。
あきらめないで欲しがろうよ。

不幸癖なんて…ぶち壊せ！

「ある日のメッセージ2」

できたから。

できなかったから…。

結果論で
私を見つめてしまうことは
私自身を狭めているに違いない。

在るが儘の自分。
ただそっと見つめてあげる行為。
侮れないですよ。

「スピリチュアルな暮らし」

新月や満月の過ごし方とか、願いが叶う方法とか、興味はあるよ。
でもね。好きなひとにすごく逢いたいって思えたり、

訳もなく涙がとまらない切なさを味わって、その後に
「今日は満月だったね」
「今日は新月なのね」
って、月と自分の身体が寄り添えていることに気づけたら単純に嬉しくなる。

私の感じる自然体のひとつは、そういうもの。

心もとなくて月を
自分を確かめようと月を
ただ惹きよせられるように月を

こんな忙《せわ》しない私と
いつも向き合ってくれる月よ…ありがとう。

「まっさらな眼」

美しいものは美しく
醜いものは醜く
自然の音はありのまま
曖昧なものは曖昧に
鮮明なものは鮮明に

あたりまえに捉えることを忘れているくらい…
ひとつひとつを見渡せていたら
私はきっと
幸せなひとなのだろう。

「運命のひと」

離れてしまっても
追いかけることなく

報われなくても
突き放すことなく

叶う？
思い出にする？
それだけじゃないから
朧な答えもあるはず
それだって運命の巡り合わせ。

いつかまた…巡ることを信じてみるよ

今を静かに想い馳せるだけ。

「愛撫」

時々、私は手のひらを見つめる。
そぉっと。
ふわり……ゆらり……撫でてあげる。

私の一番近くで生きているのは私自身だ。

私の手のひらは、私を傷つけることもできるんだろう。
でも。
私の手のひらは、私に優しく触ることもできるんだ。

当たり前のことを
当たり前に考えて片づけてしまわないで。

当たり前のことほど
いつだって
丁寧に感じて扱いたいの。

「気づきの種」

現実を患って、崇拝するものじゃない。
高く見積もるものじゃない。
甘い香りが漂うものでもない。

平々凡々な日々、傍らに在るもの
懐かしくて新しくて
時々不思議をくれる
それが私のスピリチュアルだ。

「心積もり」

いいひと？
いやなひと？
ちがう…
中庸なひとである。

よく思われ
わるく思われ

私は中庸に振る舞い
中庸なひととなるから。

目指してなるものでもない。
ただひとつ言えること。
「何を考えているかよくわからないひと」
なんて言われたら
あなたも、ひょっとすると…
中庸なひとかもしれないよ。

「ある日のメッセージ3」

印象は一刻一刻と
変化しながら

この世界は創られていく。
だから…
印象は一つだけじゃない。
まわりから見えるものも。
自分から見えるものも。

いろんな印象に出会うことは
いろんな学びに出会うということ。
辛いと忘れてしまいそうにもなるけれど…
大切にしたい。
大切にしたいよ。

「あなたと私」

私と私。
あなたが存在することを吸い込む前に
私は「私」を深く知り得たいと思うの。

私が「私」としっかり繋がっていたら。
そのとき、あなたの顔は違ってみえるかもしれないし
あなたの存在は変化していくのかもしれない。

それでも、きっと私は穏やかでいられる。

大げさでもなく…
スピリチュアルに触れているって、そういうことだ。

「自分の本質」

たまに
「あなたってシンプルな感じだよね」と言われる。

なにものにも染まらない潔さ（頑固者ともいう？）がそう見えさせるのか？

それとも…

ただ単に、つまらない人に見えたのか？（笑）

それはよくわからないけれど。

私は「私らしさ」って、きっと無色（むいろ）なんだろうなぁ〜って思うんだ。

自分らしさが、外から見れば「シンプル」に見えるのかもしれないけれど。私だって何かにみるみる染まるときはきっと染まっているのだろう。

それでも…

私の中へ。

鮮やかなり、濁りなり、外から染まり入ってくるものがあったとしても。

私にしか分からない感覚でそれらは浄化されていく。時を経て「無」でいられる私が創られているのだ。

ゆっくりと
自分の真ん中に戻れることができる。

それが、その人間の本質って奴じゃないのかな。
そのひとそのひとの真ん中にある本質だから。
だからね…
他の誰とも代わりはきかないんだ。

ねぇ…
あなたは何色?
どんな色をしているのだろう。

「リアリティ」

手を切ったら、瞬間的に感じる痛み。

どしゃぶりの雨で、体に張り付く服。

土の中に、おもいっきり突っ込んでみる素足。

体感して
行動して
この感覚が、やっとわかる。
引き寄せというものも、それらと同じに感じている私。
巡ってきたら…感じ切りたいよ。

良し悪しなんて関係なく。
そう感じられる私
それが中庸な私。

「足るを知り続ける」

貧しい自分は全く想像できない。

だからといって、豊かな自分がどんな状態なのかも…はっきりとは想像できないんだよ。

いつも、いつのまにか想像している自分像は、穏やかな気持ちでいる自分。

具体性のない世界観。

ただそれだけ。

中庸な私に、過剰な空想は遠い国だ。

（どんな自分が幸せなんだろう）
きっと…私がいちばん欲しいものは、穏やかさに溢れた空気そのものだ。
それに見合うくらいに、美味しい食べ物や、見惚れる自然や、手にするお金や、人間関係が、調えられているのだろう。

時には難しく感じたとしても…
感謝と新鮮さの間に
いまの自分を置き続けることの意味は必ずあると信じている。

「擦れない女」

どんなに誰かが私を傷つけても
私は擦れないだろう。

クシャクシャにされたって
射抜かれたって
私はすり抜ける。

どこまでも真っ直ぐ
いつまでも柔らかく
そういう女でいたいの。

「飛べない鳥」

飛べない鳥が好き
飛べる鳥が好き

いまの自分は…どんな鳥？

そう考える時間が好きだ。

答えは決まっているのかもしれない
それでも
気持ちよく清々しく
羽ばたく支度をして
生きていたいなぁ〜って思う。

「引き出し」

好きなものも。
嫌なものも。
よくわからないのだけど…
なんだかとても気になるものは、ひとまず引き出しに入れてきた。

だから、私の中には無数の引き出しがある。

そうして後から。
ひとり静かに引き出しを開けてみる。
それは、思いを刻む作業のよう。

時が経ち
好きだった引き出しを開けてみると、中には何もなく…
年齢だけが残っているもの。
幽かに音楽が聞こえてくるものもある。

嫌いな引き出しを恐る恐る開けてみると
その嫌なものは…サイコロみたいに小さく隅に転がっている。

引き出しに入れた思いで

いつかは、記憶の空気感だけになっていくのかもしれない。
好きも嫌いも、交じり合ってしまう不思議。

私が出会って見つけたものたち。
それがあることが、生きた証なのだろうか。

消し去りたい過去も
忘れたくない過去も
どんな想いでも…
やっぱり私の財産だ。

「空模様」

昔は、空が明けていく姿を見て
空は神聖なもので
不思議な怖さがあったのに。
いまは明けゆく空を
しっかりと見つめることができるようになった。
とくべつな存在だった、幼い頃が懐かしい。
いつのまにか…
ひとは、どんどん空に近づいていくのかな。

「ラムネ瓶の中」

勢いよく
カラカラと音を立てる私。
揺れていても
それは大袈裟じゃないんだ。

(揺れ幅がなくなっているの?)
なんだか感動が薄れてきたようにも思えて
一瞬不安に襲われる。

は〜ん。
馴染むってこういうことなのか。
いつだって体あたりで
四方八方にぶつかっていく水玉は私。
今を。

無我夢中で揺れ動く私がいる。

「中庸的絶対論」

前向き?
後ろ向き?
あ…いえ…中庸です。

あのひとを傷つけちゃいけない
私は傷ついちゃいけない
あぁ…ちがうと思うから。

自分軸も他人軸も
固定するように掲げてしまえば…しんどくなる。

変化する時は潔く
後悔する時だって潔く

永遠不滅の支える軸は…潔さだ！

「愛について」

たくさんの愛がほしくなったら
ひと粒の愛をまっとうしようとする。

水の流れに飛び込むためにも
私の火を燃やし続けたい。

大切なひとに
捧げるけど
想いも馳せるんだ！

奪うものでも奪われるものでもなく
巡り続けるもの。
そうして、自ずとやってくるバランスに委ねるの。
それを…
まっさらな愛と
言ってもいいかな？

「ある日のメッセージ4」

一点だけを見つめて

気を揉んだり
不安いっぱいに
なってはいませんか？

近づき過ぎるから…見えなくなる。
考え過ぎるから…わからなくなる。
だからこそ！
時には…
広く浅くも必要じゃないかな。

ゆるやかに
全体を見渡せること。
見渡すチカラを育むって

そういうことかもしれないよ。

「刀」

中庸な世界観ってさ
誰かに頼ることが抜け落ちてしまうものでもあるよ。
そうすると、その抜け落ちた部分には、私が私を楽しませてあげたいなぁ〜って気持ちが入ってくる。

操縦できるのはただひとり
自分自身しかいない。
信頼関係が、私の中で築かれていくの。
自分の話を親身になって聴いてあげること

自分の想いを受けとめてあげること
このくり返しで、自分のご機嫌とりは自分でする。

自分を穏やかに操ることができるのは、自分自身なのだ。

誰かに甘えて
誰かに頼って
誰かのせいにして

外の世界を巻き込んで
自分の気持ち…なんとなく決めるなよ。
自分の傷…なんとなく癒やすなよ。

外の世界に傷ついて
外の世界に負けて

またひとつ…
自分の弱さを静かに見つめられたら。
それまでよりも
またひとつ…
自分へやさしさを持つことができたと思えばいい。

僕には何もない。
私には何もない。

あなただけが失望と無力を味わって生きているわけじゃないよ。

何も持たない者たちで
何も無いものたちで
何者でもない人間たちで
世界は創られているんだ。

そして
自分はただ見ているだけのはずの…外の世界。
でも自分は、その外の世界の一部でもあるのだから。
失望と無力で膨れ上がった刀を振りかざして
この世界を傷つけることは
自分自身を切りつけることと一緒だ…。

世界は巡る。
何処かに向かった刃は、時を経て…必ず自らに巡る。
どちらが先だったかなんて、曖昧な記憶に手を曳かれて生きることはない。

「欲しがるとき」

もっともっと！

こんな気持ちが加速していたら
もしかすると
ここにいる自分は
ちいさな存在になっているのかもしれない。

いまの私を見つめていたい。
それは
いつだって忘れたくない癖。

「以心伝心」

甘い予感がする
隣にいても
遠くにいても

あなたと私
それぞれが思い出せば…甘い刹那

「四季」

喜怒哀楽。
どれもが
心の中に必要であるように

春、夏、秋、冬。
心の中にも
四季を忍ばせている。

私の中で、桜の蕾を見つけた日。

私の雨…止みそうにないよ。
なにも考えないで蛍と過ごす私。
私を覆い隠してくれる、ふかふかの雪。

私にとって
なくては困る季節たちだ。

「育ち」

ある日、
ふと気づく。

育むことは生きること。

苦しむのを頑張らない
怒るのを頑張らない
正しさを頑張らない
それが…
中庸母さんの子育て。

子育てと同じように
今
自分自身を育む私がいる。

「活力」

誰かに必要とされて、それが生きる力になる。
あるだろう。

それでも
自分のために生きることが、生きる力だ！
それが失われてしまったら…本音の力を失う。

誰に必要とされようが
誰に必要とされまいが
生きる！

生き抜くって
そういうことじゃないかな。

「ふわり秤」

天秤の真ん中を支えるのは中庸な私。
だからといって
誰かと私を秤にかけたりはしない。

あの日の私と、今の私
いつの日かの私と、今の私
どちらも、どれも、私だから…。
その真ん中で
目一杯両手を広げて私は支えるだけだ。

私という器。
ひたすらに…
柔らかであり続けたいな。

「志」

変わらないもの
変わらないひと
私は、きっと変わらない光景が大好きだ。
でもね…
変わりゆくもの
変わりゆくひと
変わりゆくその先も
見つめることができたとき。
(生きている!)
そう強く実感できる。

だから、立ち止まらないで見渡し続けていくよ。
それが、生きていくという誓いでもあると思うから。

「変身」

私は時々
おばあちゃんになるらしい。
赤ちゃんになるらしい。
小学生になるらしい。
幽霊みたいになるらしい。
ヤクザになるらしい。

私「え？　おばあちゃん？」

「俺、おばあちゃんも好きだよ（笑）」
「そういや猫にもなるよね」

そう言われて…

（もっとなれるものが増えたらいいいな～）
と…素直に単純解釈するのも
中庸女の素質である。

「住処」

眠る森に私はいる。

愛のかたち
憎しみのかたち
辛さのかたち
当然のかたち
みんなを紡ごうとすると

心は綻びそうになるんだ。
だから…かたちなんていらない。

(今のソレって…なぁに?)

私の森には
なにもないの。

「猫も」

愛し過ぎても
憎み過ぎても

楽し過ぎても

哀し過ぎても

何かが過ぎた日々は、私から遠い。
自分が自分から遠くなる。
それでも止められず
時も自分も抉《えぐ》っていった。

過ぎたるは猶及ばざるが如し…と
そう、誰かが口やかましく諭すかもしれない。
けれど、私は気づくことができた。

過ぎていたことに気づけたからこそ
生粋の中庸な私が生まれたんだ。

(傷つかずに生きられるように…?)

（後悔しないように生きたら？）
馬鹿にするな！
過ぎるくらい真剣に私は生きているよ！

だから、今を勝負する。
もしも、今できないんだったら…
潔く。
この身を今に捧げてしまおう。

今とは、そのくらい真剣に向き合うものじゃないのだろうか。
過ぎたことに気づけた瞬間
いつだって私は
そう思って息を整える。

「枠にはまる奴」

（狭いし、堅苦しい…。）
なんてイメージされるかもしれませんが
そんなことは全然ないかと。

枠は、自分が自分らしくいられる「落ち着ける場所」であると…
私は考えているからです。

枠を忍ばせているから、大人を気取れる。
枠に戻れるからこそ、無邪気に遊べる。

「自分枠」という自由な空間。
きみの真ん中にも
開拓してみるのはいかが？

「その途中で」

喰われながら
叫ぶことも啼くことも忘れてしまう。

あなたを抱きしめ過ぎてしまっただろうか。

当たり前に愛でる日々が創り出す無の心。
それはとても穏やかで優しい姿をしているけれど
それが美しさとは限らない。

人生って
待つ時間のほうがとてつもなく長いものかもしれない。
それでも待つ。
ハミングしながら。

待つことも巡り続く途中だから。

またきっと
さえずるようないつかの私がやってくる。

「屍」

ネガティブもポジティブも
形骸化していないだろうか?

言葉の形だけが残っていて。
それに囚われ
自分の気持ちを日々振り分けしていたら

人生…損だ。

あなたは生きる屍ですか？

人生を装うひとより
今日を美しいひとがいいな。

「温故知新」

昨晩ね、お世話になっている方のことで、胸がぎゅうっと辛くなるものがあって…なかなか眠りにもつけず、真っ暗闇でジッとしていたら…一瞬、白檀のような香りに包まれたんです。そうして何故か…

（あぁ…きっときっと大丈夫！祈るよりも、心配するよりも、静かにいま自分がやるべきことをしながら自然な暮らしをすることが大切なんだ！）

そう思えて気持ちが無になれた。

メッセージ性なんて、きっと…その届き方は人それぞれ。いろんな姿でやってくる。私にはたまたまそれが、穏やかに心に落ちただけ。

さり気なく。気取りなく。通り過ぎるようにやってきたはずなのに…一瞬でも強く感じたものであれば、それは何かを自分に気づかせようとしてくれているのかもしれない。


（どんな存在から？）

（これから何か起きるの？）

（それって良いこと？　悪いこと？）


「すぐに見つけられたよ！」

「なかなか届かないよ…」


ううん。

もっと単純でいいじゃないか。
微かなタイミングで私へ届いたことにありがとう。

感性なんて
愛なんて
棘なんて
きっと…このくり返しが人生を歩くときのサインになっていく。

「対極」

よいところもあるし
わるいところもある。

頑張って生きているし

疲れ果てて生きている。

希望も感じるし
絶望も感じる。

優しいひとであるし
冷たいひとである。

絶対を求めたいし
絶対を求めたくない。

愛したいし
愛されたい。

構ってほしいし

構ってほしくない。

光と闇。
どちらも深くて
どちらも浅い。

人間らしさって対極だ。
だからこそ人は
それを尽くす途中で生きている気がする。

「知識と知性の溝」

知識を重ねていけば、それは自分にとっての「知性」になるの？
情報が溢れかえって、なにを引っ張り出したらいいのか…わからなくなるじゃないか。


ほんの少しでも。

知識を毎日の生活に触れさせせることができたら「自分らしい知性」を育てていることになると思う私。

私は「私」を考えることをやめたくないんだ。

諦めてしまいたくない。

それも「知性」を携えて生きるってことじゃないだろうか。


知性を磨き続けていく。

それは…

揺れ動く心を、持ち続けていられる日々を表していると思わない？

「互い違い」

『おかあさんは、愛？　とやらを、
欲しがるのをやめたらしい。
愛？　ある瞬間を見つけ出すのが趣味なんだってさ。
だから、いっつも僕を見ているのかな？
まぁ…いいけど（笑）
僕は僕だしね』

『君の蒼に惹かれ、
君の蒼に苦戦して、
未だ…私は目も離せずにいる。
生きていくことは
違いに遭遇していくことだと…
愛ある修行の日々を過ごしているよ』

今までひたすら、ひとりでじっと考えてきました。
誰かのお話を聴いて何かを得るのは、オーギュスト・ロダンではないですけれども
…自分自身で「考える人」を（やり）過ぎてしまった時が来たら…やっと考えられる、次の段階と捉えているからなのかもしれません。
ただ…心地よいので、ついつい考える人になっていますね（笑）。

中庸を呟いている私ですが、外の世界から触れて得るものよりも、自分の内側から滲んで感じるものをテーマにもしています。

例えば…
危ない橋を渡ると思うのか？
それとも、探検に出ると思うのか？
これだけでも随分と緊張感は違ってきます。
傷ついても…冒険の旅であれば、名誉の負傷となったり、あるいは…新たな世界に

出会える感覚が生まれてくるからです。

あくまで、どこまでも楽しみな気持ちは消し去りたくないし、そういう気持ちで日常に起こる出来事をこなしていきたいと常々考えているからこそ、物事の始まりの感覚…自分自身の中から揺れ始める最初の瞬間を何よりも大切に…愛しているのかもしれません。


中庸は、タフな、へこたれない精神を授けてくれるお守りみたいなものだと思っています。だって誰だって生きていたら、どんなに根回ししても、気にしないようにしても、良いこと悪いことは巡ってくるものだから。

誰かに期待されても失望されても、自分自身に浮かれていても絶望したとしても。その時、どんなふうに揺れる私がいたとしても、自分らしい消化で生きていたいのです。


私の世界を創る。

それは…

私自身を見渡せる世界観を創るということではないでしょうか?

「縮図」

光と影の繋ぎ目
生と死の繋ぎ目
私と世界の繋ぎ目
無と音の繋ぎ目
そこに何があるのかを知りたいし
感じたいいって思いながら…今を生きている。
欠乏感と満足感に盥廻《たらいまわ》しにされながら
それでも
まだ見つけられずにいる。

もしかしたら…何もないのか。
それもそうかもしれない。
それでもいいよ
だって…
わかりやすいものや
目にするものだけが
白々しく登場する世界にはそそられないから。

無数の色糸
絡まった糸玉が
足もとに転がっていると安堵してしまう自分がいる。

最近思うんだ。
自然も人間も
偶然の一致さえも…

何処かで何かの繋ぎ目になっているのだろうか。

逃げ出したいような
かくれんぼしたいような
なんだか不思議な気持ちとともに
これからも
この世界を見渡すよ。
きっと世界は
まだまだずっと
わからないことだらけで溢れている。

「奏でる」

不協和音は何故だか

幸せへの助言だったりする。

底まで探検して
いま、また山登りが始まるの。

きっと…人生はくり返し。
頂上の気持ちよさも
底にいる途方さも
ただ…静かに愛したいんだ。

「足音とともに」

季節がやってきて、あの場所に行く感覚とはちがう。
あの場所に会いに行って、その季節を感じるんだ。

新鮮さや興味を持てるものが、いつのまにか薄れていく。

それを時々ハッとするように感じる。

怖いのか寂しいのか悲しいのかもわからない無言の足音。

すべてがそれに根っこから染まっていく。

いつかはね。

予習しているのだろうか?

まだ…そんなものいらないのに。


「足りない。まだ足りない。満たしてほしいんだ!」

そんなこと言ってない。

今までずっと一緒に過ごしてきた感覚を消してしまわないでほしいだけなのに。


見渡すひと。

それさえも見渡していくよ。

「掟はスパイス」

今回、中庸女の掟ならぬ、中庸女の心馳せ…なんて言い方も考えたけれど、どうもしっくりこない。掟という言葉の持つ重みや従順さが、中庸女の自分には、ピリッと効くスパイスに感じられた。

掟は守るためにあるの？
掟は破るためにあるの？
もぅ…そのどちらもやってみたらいい。

正論か、ただの自論か、なんてどうだっていい。

あっという間に追いかけてくる…
綺麗な後付けに惑わされないで。

掟は、自分の真ん中に必ずあるもの。
心の軸になるもの。
だからこそ
掟を守るのも
掟を破るのも
自分が決めたらいい。

ふわりと
刺々しく
掴みどころ無い女は
掴みどころ満載な女でもあります。

小角亜紀子（こすみあきこ）

埼玉県生まれ、東京都在住
側頭葉てんかんでした。てんかんは手術で治りましたが、左海馬硬化症です。
理解することが遅いです。

私はなぜ、てんかんの病気で生まれたのだろうか?
私はこの世に何をするために生まれてきたのだろうか?

大好きな母が、私がてんかんの病気があることで自分を責めていました。
このままではいけないという思いがありました。

「てんかんは個性」

この言葉を知ったときとても驚きました。
私のてんかんの病気は個性と思えたとき、とても前向きになることが出来ました。

私はこのままで生きていこう、そう思いながら今を生きています。

私、なぜてんかんで産まれたの？

小角亜紀子

私は埼玉県の、のどかな田舎町で産まれ育ちました。

元気な女の子でした。
男の子のような女の子でした。

好きな色は、男の子が好きだと思う青と緑でした。
好きな歌手は、男の人であればとりあえず好きでした。
本当の私は可愛い女の子でいたかったです。

私には姉がいます。

だから父は二人目の子供は男の子が良かったようです。父は私を女の子として可愛がってくれましたが、母方の祖母が「亜紀子が産まれたときのお父さんの顔がなあ……」と言いながら笑います。その言葉が私はとてもショックでした。親は男の子が良かったのかあ……と悲しかったのですが、親の期待に応えようと思い、男の子のような振る舞いをしていました。

数年後にめでたく男の子が産まれました。良かったと思いました。

私は今、40歳を過ぎています。この年齢になり、やっと、女の子でいいのだと思えるようになりました。

女の子として生まれた私が5歳のとき、母と弟とご飯を食べていました。突然私は、なんだか怖い感覚に襲われました。思わず、ご飯茶椀を抱きしめていました。

母にどうしたの？と言われ、私は怖いと言いました。

その後、病院に行き、てんかんだと言われました。

てんかんの病気を知っていますか？ 突然、発作が起きます。突然、けいれんを起こします。発作が終わると何事もなかったかのように振る舞います。突然けいれんを起こすので周りにいる人はびっくりします。数分したら、何事もなかったかのように発作が収まります。

てんかんは江戸時代からの病気だといいます。
昔からの病気なのにあまり理解されていないことがとても悲しい。

私が、てんかんの病気だと知ると、びっくりされます。
てんかんはよく分からない。てんかんの人はよく分からない。

よく分からないのではなく、てんかんの人は個性がとても強いのです。
素敵な個性があるのだと思います。
てんかんの発作が起きているのを見たときは、そっと見守っていてほしいです。
発作が起きて、この世を去ることはありません。

でも、発作が起きると脳が疲れるので少しの間、休みます。するとまた何事もなかったかのようにケロっとしています。その状況を見ると、なんだったの？　今の？　と思われるのですが。もちろん悪気はありません。

先ほど、てんかんの発作は脳が疲れると言いました。少し、脳のしくみを話したいと思います。人間の体には神経があり、その神経の中を電気信号が通ることにより、いろいろな情報が伝達されます。脳には神経細胞が集まりいろいろな情報を処理しています。

例えば、目や耳から入る情報、皮膚で感じる情報、匂いや味などの情報は、神経を通して脳に伝達されることにより「きれい」「暑い」などと感じます。逆に脳からの命令「話す」「走る」は、意識することによって体を動かします。さらに、意識していない心臓の動きの調整や呼吸なども脳からの命令です。感情、理性などの精神活動や記憶もコントロールしています。

このような働きのある脳内の電気信号が何らかの原因で過剰に動くと脳の機能が

乱れ、脳は適切に情報を受け取ることや命令ができなくなるので、体の動きをコントロールできなくなります。

脳の神経は興奮する、冷静になる、を繰り返し働いています。車のアクセルとブレーキのように、興奮することが強くなりすぎると、冷静になる神経が働いて興奮をおさえる。こうしてバランスを取ります。ですが、てんかんの発作が起こるときは、興奮する神経が強く働いたり、冷静になる神経が弱くなることで、激しく過剰反応（電気信号）を起こします。

脳に異常が起こることで、てんかんの発作は起こります。

その人間の脳は、大脳、小脳、間脳、脳幹などから構成されています。その中で、人間の行動をコントロールするのが大脳です。大脳は、前頭葉、頭頂葉、後頭葉、側頭葉の4つに分けられます。それぞれの部位によって働きが違います。

【大脳にある4つの部位の働き】

・**前頭葉**

手足などを動かす。思考・理性・学習・推理・選択などの情報処理をつかさどる。

・**頭頂葉**

皮膚や耳などから入る感情を分析する。空間を認識する。

・**後頭葉**

人の顔や物の形など、目から入った情報を認識する。

・**側頭葉**

耳から入った音や言葉の情報に関係する。

側頭葉の内側には記憶をつかさどる海馬があり、てんかんの発作が起こる部位となることが多い。

脳のことを少し説明しましたが、てんかんの発作は脳の一部に異常が起こることが発作が起こる一因です。

今だから素敵な個性があると言えますが、昔の私はてんかんの病気である自分を責めていました。

てんかんの病気は理解されない、そんな私は理解されるわけがない。

なんで、なんで、てんかんという意味不明な病気で産まれてきたの？

私、何か悪いことしたの？　という思いで生きてきました。

でも、この世に産まれるときに、障害、病気は自分で決めてくることは分かってはいました。でもなぜてんかんという、よく分からない病気を選んだのかは、まだ分かりませんでした。

私のてんかんは子供（6歳）のときに分かったので、大人になれば治ると信じていました。子供のてんかんは20歳くらいまでに治ります。でも、20歳を過ぎても治ることはありませんでした。

私のてんかんの発作は、意識が数秒なくなります。後ろから誰かに襲われる感じです。1、2秒で発作は終わり、発作が過ぎると少し疲れます。

でも、発作が起きたときに何かが込み上げてくる感じがありました。何かを言われているような気がしていました。

私の発作は一日全く起こらないときもあれば、日に10回以上起こるときもあります。

私は初めてのことに慣れるのに、時間がかかります。初めての場所、初めてやること、初めて会う人がとても苦手なので、そんなときに発作が起こりやすいのです。他に気圧の変化で発作は起こります。飛行機に乗ると必ず、発作は起こりました。普通の人でも気圧の変化で、頭痛になったりしますね。

私のてんかんは、側頭葉てんかんです。

先ほど、脳の説明をしました。そのときに大脳には側頭葉があると言いました。側頭葉の内側には記憶をつかさどる海馬があります。私はその海馬が硬化しています。海馬が硬化していることで、脳が刺激をうけて発作が起こるのだと思います。

記憶をつかさどる海馬なので、その海馬が硬化していた私は、記憶力がとても悪いのです。人から話されたことも、理解に時間がかかります。周りの人も私が遅いことにイライラするようです。私も自分にイライラしていました。自分を責めていました。

私はてんかんだけど、周りの人と同じように生きていきたい。そう思っていました。周りの人と同じように生きることは出来ないのに、出来るわけがないのに。

あの頃は必死でした。私はてんかんだけど、発作が数秒起きるだけだから。少し疲れるだけだから。大丈夫、大丈夫と言い聞かせていました。自分に言い聞かせることはかなり疲れます。

でも、てんかんだから出来ること、出来ないことがあるのだと思いました。

私がてんかんであることは分かってもらえても、てんかんの発作は理解することは出来ないんですね。私と同じようにてんかんである人でも、てんかんの発作が起きたときの感じ方は違うと思います。発作が起きたときの表現の仕方も違うと思います。

どんなことも、人それぞれ違うのです。

周りの人に合わせる方が、私も生きていくことが楽だったので、そうしていた時期があります。でも、誰も、てんかんのことは分からない。分かるわけがない。分かってもらえるはずもなかったから、「これでいいんだ」と言い聞かせていました。

本当は、私のことも、てんかんのことも、みんなに分かってもらいたかったのですが。

私のてんかんは大人になったら治ると信じていたので、それまでてんかんの発作は隠しておこう。私の発作は数秒、意識がなくなるだけだから、数秒なら、発作が起きたことは分かることはないだろうと思っていました。
実際に隠すことは出来ました。隠すことは簡単に出来たのですが、本当はてんかんの発作が起きたとき、見守って欲しかった。

でも、分かってもらおうとすることが間違っていました。分かってもらうのではなく、知ってもらうだけで良かったのだと。相手に話さなければ相手は何も分からない。でも、私は話すことをしませんでした。てんかんのことを話さないことで、自分のことをあまり話さなくなりました。

てんかんであることを話さないでいたのは、みんなに嫌われると思っていたから。周りの人に嫌われたくなかった。

周りの人とは仲良くしなさいと教えられてきました。

でも、一人で遊ぶことの方が楽しかった。虫と遊ぶことも。一人でいることは嫌ではなかったです。一人でいれば、てんかんの発作が起きても誰にも迷惑がかからなかったから……。

私のてんかんの発作は、部分発作です。1、2秒、意識が飛びます。その間、後ろから、誰かに襲われるような感覚になります。どこかに行ってきたような感じです。何かを思い出しているような気がするのですが。でも、思い出せないのか、思い出したくないのか、分かりません。

発作が起こるたびに、なんだろう？この感覚は？と思っていました。
私は何をしたいのだろう？と。
私はなんのために生まれてきたのだろう？と。
毎日そんなことを考えていました。

発作が起きないときでもそう考えていました。

発作が起きるたびに、後ろを振り向いて、誰もいない、何もない、と確認していました。

誰もいないこと、何もないことを確認しているのですが、怖い！という思いが強いので、振り向いては立ち止まることを繰り返していました。そんな行動を繰り返しながら、ごめんなさい、許して、と思っていました。

とても嫌な気持ちにもなります。

何かを思い出したいけど、思い出せない。

何を思い出したいの？

そんな気持ちで過ごしていました。

てんかんの発作と毎日戦う、何かに挑戦しているようでした。

何かと戦うというよりは、誰かと戦うような感じでした。

発作が起きるたびに、鍛えられているかのようだったのです。


てんかんの発作が起きることで、何かを思い出している。

誰かに何かを言われている。

「本当の自分を生きなさい。本当の自分を生きて幸せになりなさい」

「自分が幸せになって、周りの人の幸せも願いなさい」


これだ。私はこのことを言われていたのだ。


私はいつも、毎日のように、自分はなぜ、何のためにこの世に生まれたのだろう？

と思っていた。てんかんの発作が起きたときは、さらに強く思っていた。

そんなある日、私は思い出した。

本当の自分を生きていきたい。それを思い出すために、発作が起きていたのか。
私、思い出したよ。

これで、発作もなくなる。と思ったのです。

でも、発作はなくなりませんでした。

発作が起きるたびに、本当の自分を生きなさいと言われている。このことを思い出したから。大事なことを、思い出したから、てんかんの発作はなくなるはずだけど。そう思っていたはずなのに……。

でも、本当の自分を生きるって、どうやって生きるのだろう？

私、本当の自分を生きると決めたけど、そのことを決めただけ。決めただけで、何も始めていませんでした。だったら、本当の自分を生きるため、自分のやりたいことをやる。自分のやりたいことを見つけてみようと思いました。

でも、簡単には、自分のやりたいことは見つかりません。

私は海外旅行が好きだったので、海外に関係のあることをやろうと思いたちました。まずは、海外の文化を知ろうと思い、海外移住を決めました。周りから止められ「てんかんだとまた駄目なのか」とそのとき思ったことを思い出します。確かに知らない国で、てんかんの発作が起きるのは大変。私はなくなく諦めることにしました。

海外に関係のあることはやらない、とりあえずやめようと。

私はてんかんだからやめよう。そう自分に言い聞かせました。

でも、てんかんだからやめよう、と言っているとやりたいことが見つからない、出来ることが何もないと思いました。そんなことを言っても何も変わらないのだけど……。

いろいろと自分のやりたいことを探してみたのですが、見つかりませんでした。

やがて、私は会社員として働き始めました。
心の中で、もやもやする気持ちは消えませんでした。
てんかんの発作もなくなりませんでした。

私はてんかんの発作が起きることで、本当の自分を生きなさいと言われました。
だから、本当の自分を生きようと決めたのです。

でも、本当の自分を生きるためには何をすればいいのだろうか？
てんかんの発作が起きることで、本当の自分を生きること、本当に自分のやりたいことをやるということ、私がこの世に生まれてきてやるべきことをするんだ、と分かったのだけど。

それも、てんかんの発作が起こるために出来ないと分かりました。

どうしたらいいのだろうか?
考えれば考えるほど、分からなくなり、自分を責める毎日でした。

私はてんかんをうらんでいました。病気である自分はうらんでいなかったけれど、てんかんの発作が起きる自分をうらんでいました。

大人になれば治ると信じて疑うことはなかったてんかん、子供の頃と変わらず発作は続きました。

私のてんかんは、側頭葉てんかんです。
どんなてんかんなのか、詳しく調べてみました。
側頭葉てんかんは、脳にある海馬が硬化していることで起こります。

側頭葉てんかんの発作は、海馬に電気のようなものが走ることで、数秒、意識がなくなります。

私の海馬は私が生きていくうえで、邪魔になります。
私は海馬があることで、てんかんの発作が起こります。
ということは、海馬がなくなればいいのか。

海馬を私の脳からなくしてしまえばいいのだという結論になったのです。

側頭葉てんかんは薬では治りにくく手術で治るてんかんです（手術後に再発することもあります）。このことを知ったときに少し悩み、それでも脳の手術をすることは怖い、手術を無理にすることはないと思いました。脳にある海馬摘出手術をすればいいと分かったのですが、いざとなると怖くなったのです。

でも、薬では治らない。だから、手術以外で何か出来ることはないかと調べました。

人は誰でも、自然治癒力があります。

自然治癒力で治るかどうかは分からない。

それでも、出来ることはすべてやろうと決めました。

私は薬をやめることは出来なかったので、薬を飲みながら、自然治癒を始めました。

私の知人に、自然治癒に詳しい方がいたので、知人に聞きながら始めたのです。

私は自然治癒力を高めるために、水を一日、1・5リットル飲み始めました。ご飯を白米ではなく玄米に。それ以外では、納豆をよく食べていました。玄米は美味しく感じなかったけれど頑張って食べました。

てんかんの発作は変わらずに起きていました。

自然治癒力を高めるために、体に良い物を食べても、変化はなかったのです。

私はスピリチュアルに興味を持ち、ヒーリングをやってもらいたいと思いたち、受けることに決めたのです。てんかんの人で、ヒーリングを受ける人は、私が初めてだと言われました。

ヒーリングをやってくれる方は、私がヒーリングを受けたいという強い思いを理解してくれました。良い方に巡り会えて良かったと思いました。でも、てんかんであること、てんかんの人にヒーリングをすることに、本人も不安はあったと思います。

私はヒーリングを受けて、てんかんを少しでも良くしたいという思いしかありませんでした。ヒーリングを受けているときに、もし発作が起きたとしても、なんとかなるだろうとたかをくくっていました。

てんかんの人にエネルギーを当てるところは、頭とお腹だと言われました。

早速、ヒーリングが始まりました。初めは、好転反応が出ると思いますと言われました。好転反応とは、体が正常な状態に戻るために起こる、一時的に症状が悪化したような状態になること。身体に溜まっていた不要な老廃物が出ることを指します。

私には好転反応は出ませんでした。
思えば、出なかったのではなく、分からなかったのだと思います。
分からないと決めつけていた。

自分のやりたいことは必ずやるという強い意志があったせいです。
てんかんを治したい。少しでも良くなりたい。
少しでもてんかんが良くなるなら、どんなことでもした。
実際には、てんかんの発作は変わらずに続いていきました。

子供のときから、薬を飲んできました。

でも、私の側頭葉てんかんは薬では治すことは無理。だから、ヒーリングを受けて少しでも改善されればと思い、ヒーリングを受けましたが変化はありませんでした。

手術を受けないとてんかんは治らないと思い、手術を受けようと決めました。手術を受けると決めたことで、これでてんかんが治る、てんかんから解放されるとやっと覚悟を決めたのです。

手術を受けると決めてから、検査ばかりで疲れてはいましたが、てんかんが治るのであれば頑張るしかないと思いました。

手術は無事に終わりました。周りの方に支えられ、無事に終わりました。手術が終わった後に、しばらくの間、目を開けていると、どこを見ても光が見えました。

それがとても眩しかった。

初めはなんだろうと思ったのですが、私、祝福されていると思いました。
てんかんは治ったよ、てんかんの発作がなくなったから、自分のやりたいことができるよ、と言われていました。

あのときの光は今でも、とてもよく覚えています。
手術をして良かったと思いました。

てんかんは治りました。てんかんの発作はなくなりました。
やったあ、自分のやりたいことができる。とても嬉しくて、空を見上げてありがとうと心の中で叫んでいました。

私は辛くなったりすると、よく空を見上げていました。空を見ていると、自分の考えなんて小さなことだなあと感じ、そして「生きるしかない」と意を決すのです。

本当ですね。地球を選んで生まれてきた私達人間は、小さなことで悩みます。

全てが学びです。

病気を選び生まれることも学びです。

だから私もてんかんで生まれたことは学びです。

手術が終わった後に、眩しい光を見て思い出しました。

私この世を愛でいっぱいにしたい。愛でいっぱいにするために生まれてきた。

てんかんで生まれてきて、自分には何も出来ないと思っていた。でも違う。

てんかんで生まれてきたのは、この世を愛でいっぱいにしたいから。

愛は人の数だけあると思います。

でも、その愛が見えなくなってしまっている人もいると思います。

愛が見えなくなってしまっている人は、自分の中にある愛を思い出して欲しいと思います。


どんな人にも、愛はあります。

愛とは、全てを許し受け入れることだと思います。


でも、全てを許すことは難しいことかも知れません。

私は出来なかった。自分の全てを受け入れることなんて出来なかった。周りの人を受け入れることなんて考えることすら出来なかった。

やろうと思ってもいませんでした。

でもその考えが間違っていました。

てんかんとして生まれた自分を受け入れていなかった。

だから、てんかんの発作が起きるたびに、苦しかった。怖かった。

でもどんな自分も受け入れることができれば、てんかんの発作が起きることは怖くはなかったと思います。


てんかんの発作は愛だから、愛があればてんかんの発作も怖くなかったと思います。


愛はどんな人にもあります。

今の自分が生きることが辛くても愛はあります。

辛いときこそ、自分が愛をどれだけ表現できるのかだと思います。


私は自分に自信が持てずに生きてきました。

てんかんだから私は何も出来ないと思って生きてきました。

確かに出来ないことは沢山ありました。

でも、てんかんだから出来ることがありました。

それが、世の中を愛でいっぱいにすることです。

世の中には、愛と不安しかありません。

愛で生きるのか、不安な気持ちで生きるのか、どちらか一方しかないのであれば、愛で生きたいと思いませんか？


最後に私の母親の話をさせて下さい。

私の母親はとても優しい人です。私は母親にとても愛されて育ちました。

でもなぜか分からない不安感が、母に対してありました。それがとても辛かった。

沢山の愛を受けているのに、何か満たされないという思いが消えなくて苦しかったです。


でもやっと分かりました。

母は、私をてんかんの病気で産んだことで自分を責めていたのです。母から受ける愛よりも、母が自分を責めている気持ちを、私は強く受け取っていたのですね。

だからなのか、私は母の愛が見えなかった。私は母の愛を受け取ることがとても大変でした。母からの愛が見えないと何度も思いました。母からの愛が見えるまで何度も何度も探していました。私の母には沢山の愛があることは分かっていたから。

だから私はお母さんを選んでここに生まれました。
てんかんの病気で生まれたのは、この世を愛でいっぱいにするため。
母を選んで生まれたのは、お母さんには愛が沢山あるから、その愛を周りの人に出すことを怖がらないでね、と伝えるため。

ずっと、なぜてんかんで生まれたのか、なぜ母親を選んだのか、分からなかったのですが、愛でこの世をいっぱいにするためだったの。

高橋満美（たかはしまみ）

福井県永平寺生まれ、東京都世田谷区在住
グラフィックデザイナー、アパレル業界、ブライダルプランナーなど様々な職種を経験。

どの職場でも売上げトップを達成し、後輩の指導に当たるが、伸び悩む後輩から、「それはマミさんだからできること」と言われたことで、自分の方法を誰しもができるわけではないことを痛感。自分の指導法や人との接し方を見直す。
その結果、幸せは全て人が運んで来てくれること、そのためには全ての土台となる心や体、空間自体が健全であることが必要と考えるようになる。

そんな折、人間の体や空間を浄化できるオルゴナイトに出会い、その力に魅了される。
日本にオルゴナイトを持ち込んだ一宮寿山直属の師匠に師事。

現在は HAA オルゴナイトグランドマスターとして日本で一番の生徒数を誇る講師として活動中。また、癒やしのイベント主催、イベントデビューや出店方法などの起業コンサル業、ラジオ番組を立ち上げるなど、活動は多岐にわたる。

本来の自分と出会った先の〝ギフト〟

高橋満美

「私、８年間依存していました」
やっと、この言葉をさらりと言える日が来ました。

それも「令和」に入ってからです。自立するきっかけになったチャネラーの先生との出会いは、私にとって必然であり、目に見えない世界のことをたくさん教えていただきました。ビジネスの活動を一緒にしながら、仕組みと仕掛けや、成功者の考え方も学ばせていただきました。日々学びが多くて楽しかったのですが、気が付いたら知らないうちに「依存」していました。

あなたにも経験がありませんか？

最初は、「自分の力で頑張る」と思っていたことでも、思ったように上手くいかなくなり、アドバイスをいただいているうちに、「○○さんがいてくれたら上手くいくのに」と思ってしまったことが……。

気が付いたら依存していました。何のために成功したいの？　何がやりたいの？　自分で考えられなくなっていました。

そんな自分から抜け出したくて先生から自立した後、数秘術や四柱推命、マヤ暦などの統計学を猛然と学び始め、カウンセラーになりました。「本来の自分を知る」ことで、生まれてきた目的、本質を知り人間関係に活かすことができるようになりました。

そんなあるとき「オルゴナイト」と運命的な出会いをしました。

オルゴナイトが引き寄せてくれた、たくさんの奇跡の出会いこそが今の私を作ってくれたのです。自分のことを表現することが苦手な私でも、オルゴナイトを通すことによって人との関わりや関係性がスムーズにいき、さらには自分の良さを頑張ってアピールしなくても自然と伝わるようになっていきました。

オルゴナイトが私を表現してくれたのです。まさに、「依存から抜け出した先のギフト」でした。

そこからは、どんどん良い人良い環境にも恵まれ、今ではヒーリングアーティスト（ＨＡＡ）協会のオルゴナイトグランドマスター認定講師として多くの人の笑顔に関わらせて頂けるお仕事をさせていただいています。もしあなたが今、一歩を踏み出せない、依存してしまう……悩みの中にいるのなら、この書があなた自身を活かしてくれる「エッセンス」になってくれたらこれほど嬉しいことはありません。

私は、自分に自信を持って、もっと商品価値を高めたい方を応援する「起業コンサルタント」として活動中です。前職の、グラフィックデザイナー、アパレル業で培ったファン作りを実践しながら、現在自宅でオルゴナイトワークショップや認定講座を開講。原理をわかって作る正当なオルゴナイトを広める活動をしている中、オリジナル商品でファンを作り売り上げを上げる実践方法を伝えています。また、癒やしのイベント主催では、集客の方法や起業のプロセスを教えています。

最近は、少しずつオルゴナイトが広まってきたように思い、自己紹介のときに「オルゴナイトをご存知の方はいらっしゃいますか?」と伺うと、ご存知の方は半分以下。まだまだ認知されてないようです。これが現状なのだと感じるたびに、私の志命が燃えてくるのです! このあと、私の「オルゴナイト愛」に至った経緯をたっぷりお伝えしていきますので、最後まで楽しく読み進めていただけると嬉しいです。

第一章 オルゴナイトとの出会い

1 運命的な出会い

癒やしのイベントに初出店した日のことは、生涯忘れることがありません。開場時間に間に合うように準備ができた私は、隣のブースの準備が整っていないことが気になり、「お手伝いしましょうか?」とお伺いした一言が私の運命を変えたのです。

そう! 運命の出会いの瞬間です。あと五分ほどで開場だというのに、まだ半分くらいしか準備ができていない様子。このままでは間に合わないのでは、と見るに見かねてお手伝いを申し出ました。天然石は大好きなので、お手伝いができることがとても嬉しかったのです。

癒やしのイベントって、私の大好きなものにも出会えるのだ! 初出店なのでドキドキしたけど、素敵な出会いがある場所だと感じました。しばらくどんよりした日々を過ごしていたので、久しぶりに本当の自分に出会えた気がする。自分らしくいられる場所を見つけた! と感じたのを覚えています。

ブースの端で作家さんが販売しているのを見ていたら、「これはオルゴナイトですよ」と。そこで初めて「オルゴナイト」を知ることになるのです。

2　願いを叶えることができるって凄い！

「オルゴナイトはネガティブな思いをポジティブに変換してくれて、願いを叶えることができるのですよ」の言葉に心を突き動かされました。

このことを知った私は、今の悩みを解放してくれるモノを見つけた！と思ったと同時に「オルゴナイトって何？こんなに小さなオルゴナイトの中に願い事を込められるのって、凄すぎる！どうやって作っているのだろう」と興味深々。

「オルゴナイトの中には、天然石や金属が入っていて、特に願い事に合わせて天然石を組み合わせて作ります。形にも色々あって、願い事を意味づけることもできるのですよ。置物だけでなく、ペンダントのアクセサリーは願いを込めるためのプログラミングをすると、身につけるパワースポットになれるのですよ」と作家さん。

「これがオルゴナイトなのか。透明感があってキレイだな！大好きな天然石を入れられるのだ。さらにパワースポットにもなれるって凄すぎる！」

私だったらどんなものを作るかな。「自分で作りたい！」とすぐに心がワクワクし始めました。小さい頃から宇宙や星座、天然石、恐竜の化石が大好き。おばあちゃんに編み物やきんちゃくバッグ作りなどを教えてもらっていたことがあったので、手作りは得意でしたし、大好きでした。また、元グラフィックデザイナーということもあり、色の組み合わせを考えるのも大好きなのです。

ブースには、ピラミッドや、半円、貝などいろんなカタチがありました。そのときの私は、二枚貝の貝のオルゴナイトが気になり購入しました。「何か気になる」という直感は、エネルギーレベルでそのモノと惹かれ合っているのです。人同士でも「気が合う」という言葉があるように同じですね。

その場で願い事をプログラミングしました。モノに願いを込めるのは生まれて初めて。ワクワクしたのを覚えています。そのオルゴナイトに込めた願いは、もちろん叶いましたよ。応援し合う仲間がたくさんできました。だから今の私がいます。

3　ネガティブな人を救えるオルゴナイト

三か月後、待ちに待ったオルゴナイト体験会に参加しました。作る前に、オルゴナイトでできることや、原理のお話をお聞きしました。

「オルゴナイトはネガティブな人を救えるのですよ。例えば、悩んでいたり、もやもやした気持ちの人が、オルゴナイトを持っているあなたの半径5〜6m以内に近づくと、今までの気持ちが自然にスーッと軽くなったり、気になるのが薄れていったり……。あなたがオルゴナイトを身に付けると、周りの人が笑顔になり、幸せな気持ちにできます。あなた自身がパワースポットになれるのですよ」とのこと。

身に付けたら心が穏やかになり、人間関係が良くなる人たち（歩くパワースポット）が増えたら、笑顔の波動が広がり「世界平和につながる！」と思うと心から惹かれていきました。

私の何かが変わるかもしれない

最初は、話しながら作っていましたが、少しずつ言葉が少なくなる……集中していく……。「私、オルゴナイトの作家になりたい！」「やっと見つけた！」私の心が定まった瞬間でした！ 体験会が終わったらすぐに、「オルゴナイトワークショップをするにはどの資格を取ったらよいですか？」とスタッフの方に聞きにいきました。今まで、サービス業が天職だと思っていましたが、二十年ほど前から手に職を探し続け見つからなかったので、やっと天命に出会えたと直感で感じました。

4　オルゴナイトが救ってくれた

オルゴナイトに期待できる効果においては18項目以上もあり、その中で一番心惹かれた項目は、「自分自身の周波数とエネルギーが増大し、精神的に目覚めたり、自分の感情や良心とつながったり、心を開くことができるようになります」ということでした。

高次元の自分とつながり潜在意識を上げ、心を開いて本当の自分のままで生きることができるようになったら、望む未来を実現することができます。

では、心を開けない人はどのようなことで悩んでいることが多いのでしょう。

1 対人関係が苦手
2 他人の目が気になる
3 本音で話すことで、否定されたり支配されるのが怖い

どれか当てはまる場合は、人と比べて思い悩んだり、自己否定が強くトラウマがあったり、自信がない人が多いようです。先ず、自分の本心と向き合う。自分のあり方を認め、無理に他人と同調するのをやめましょう。人と違っていいのです。自己肯定力を高めましょう。もっと簡単に言うとするなら自分を愛してあげましょう。

実は、以前思い悩んで心を閉ざしていたとき、このようなことを自分に言い聞かせていました。自分を否定し、人と比べ自己卑下。自信がなかったときに、オルゴナイトと出会ったのです。オルゴナイトで救われたことがきっかけで、私のように思い悩んでいる方がオルゴナイトを必要とするのであれば、お役に立ちたいと思うようになりました。

5　なぜオルゴナイトを広めたいのか

「自信を持って自分の人生を選択できる人」を増やしていきたいからです。

未来に対して不安で行動できない人はたくさんいるのではないでしょうか。自分の意見が言えず他人に合わせてしまったり、他人の目を気にしてやりたいことができない人。誰かに頼り答えを求める人が。

これって、昔の私です。出る杭は打たれるので目立たないようにしていました。違う意見を言うと後々面倒くさいから合わせる。占いに頼り過ぎて自分の意見がなくなる。「自分軸」がないですよね。

それに加え、以前の私はスピリチュアルが好きであることを言えませんでした。他人の目を気にして、怪しいと思われたくなかったからです。

しかし、考えてみるとどうでしょう。神社仏閣に参拝に行き、目に見えない神様に手を合わせたりしているのに、スピリチュアルは怪しいと思うのはおかしいのではないだろうか、といつしか思うようになりました。意識していなくても自然と使っているのです。スピリチュアルを日常的に活用することで、元々持って生まれた才能や感性を開花して、さらに願いを加速するオルゴナイトでお手伝いできたらと思っているのです。

6　比べるものではない

オルゴナイトを作り始めた数日後に、とてもやさしい色合いで猫のモチーフのオルゴナイトを作られるAさんと出会いました。なんてやわらかな色合いで、透明感があるオルゴナイトを作られるのだろう。お話してみたら、とても心がきれいで優しいお人柄でした。人柄って作品に表れるものなのだな、私はどうだろうと振り返ったのを覚えています。

帰宅してから見様見まねで作ってみました。しかし、同じようなやわらかいオルゴナイトは作れなかったのです。その後、AさんのSNSで垣間見えたことは、旦那様がご病気であること、心理学の勉強をされていること、猫を飼っていらっしゃることでした。いろんな経験をされているAさんだからこそ、あのような心優しいオルゴナイトをお作りになられるのだと感じたのです。

このときからでしょうか。人と比べることが減ってきたように思います。それぞれの人生が反映されて作品が作られる。世の中にはたくさん比べるモノはありますが、比べて羨ましがるのは違うように思います。「切磋琢磨」という四字熟語があるように刺激をうけながらスキルアップしていく人生の方が楽しいと思うのです。

第二章　オルゴナイトの概論

1　オルゴナイトとは

オーストリア出身の精神分析家であるヴィルヘルム・ライヒ博士が発見した、自然界に存在する生命エネルギー（オルゴンエネルギー）を吸収し、ポジティブなオルゴンエネルギーを発生する装置のことです。オルゴンエネルギーは、内部のコイルを伝い金属部分から四方へ放射され、半径5〜6メートル以内にパワースポットを創造すると言われています。

2 オルゴナイトの構造について

有機物と無機物を重ね合わせて形成されています。有機物である樹脂などが生命エネルギーを吸収し、無機物である金属が生命エネルギーを放射するといわれている原理が、「ネガティブを吸い込んでポジティブに変換する」と表現されています。オルゴナイトには水晶類が必須です。

広範囲の波動に対して水晶のみが吸収せずに透過できるので、波動の通り道としての水晶ポイントがあります。なので、真っすぐピラミッドの先端に合わせて水晶を位置しないと効果は出ません。水晶にまく金属は、特に銅でなくても構いませんが、コーティングされているものの使用はおススメしていません。スピリチュアル的には鉄が最適なのです。鉄はもともと地球上になかった金属だからです。宇宙から隕石としてもたらされたものなので、

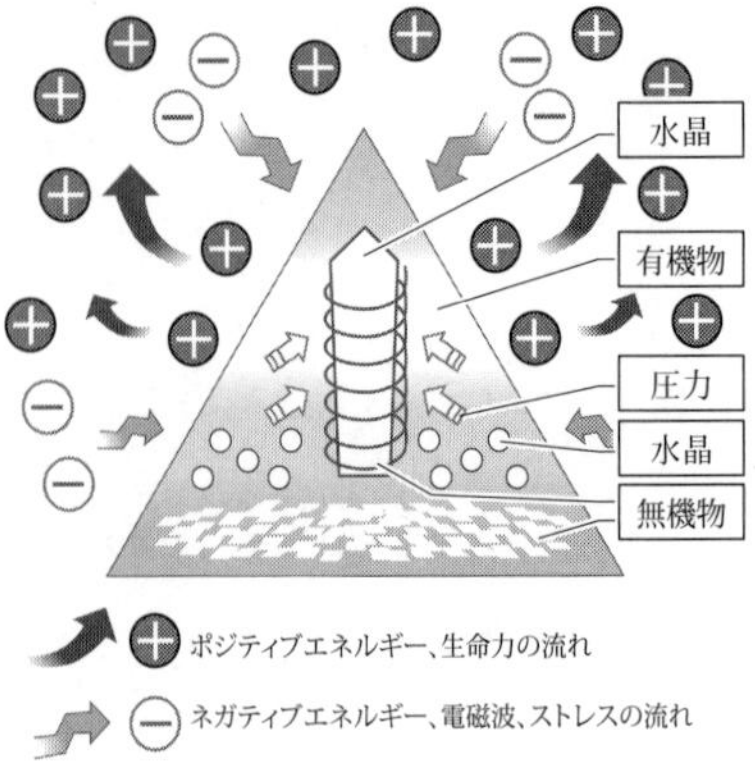

参考図提供:株式会社ライブエンタープライズ

宇宙のエネルギーととても相性がいいのです。

素材は、プラスチックで作るならエポキシ樹脂以外はＮＧです。邪気の波動は３５０ｎｍ近辺の波長をもっているのですが、この領域の波動体を分解することができるのが「ベンゼン環」です。ベンゼン環は近紫外線領域の波動（邪気）を熱に分解でき、エポキシ樹脂にはベンゼン環が含まれているので邪気分解効果があります。しかしながらＵＶ硬化性樹脂はベンゼン環を含みません。ですので、ＵＶ硬化性樹脂で作ったオルゴナイトには、そもそもその効果は全くありません。

オルゴナイトの中の針金はバネのような螺旋状が基本です。ナルトのような渦巻には効果はありません。フレミングの左手の法則にあるように、エネルギーを電・磁・力に分解するというものです。モーターのコイルが螺旋状なのはこのためです。邪気を分解するためにこの原理をオルゴナイトは応用しています。

3　オルゴナイトのプログラミングの仕方

新しいオルゴナイトが出来上がったら、その働きの有効性は50％程に過ぎません。有効性を十分に発揮させるにはプログラミングが重要です。

・まず、オルゴナイトを何のために使いたいか目的を決めます。
・そしてオルゴナイトを両手で包み「願い」を込めます。

そうすることで、オルゴナイトの有効性が１００％に上がります。効果を出すには、プログラミングが重要なのです。日本は言霊の国なので、氣やプラーナに乗せることが大切なのですね。

4　オルゴナイトを身近に置いておくことで期待できる効果

・場の浄化
・電池などを使用せずに、永続的に機能し続ける
・ネガティブなエネルギーをポジティブに変換する
・植物などの発育を促し、害虫を寄せ付けなくなる
・大気や水の浄化
・有害電磁波の軽減など
※効果、効能は保証するものではありません。

5　オルゴナイトの使い方

・部屋に置いて場を浄化する
・ベッドサイドに置いて、心地よい睡眠の導入へ
・小さいサイズはバッグの中に入れてお守りに
・電磁波が気になる場所へ（パソコンや電子レンジ、冷蔵庫など）

・水周りに置いて邪気払い（トイレ、キッチンなど）
・ペンダントやリング、ブレスレットなどアクセサリーとして

パワーストーンの意味・モチーフの形を、目的別・場面別にオルゴナイトを作り出すことで、「置いて場を浄化する」「身に付けて歩くパワースポットになれる」といった新しい価値（付加価値）を産み出すことができるのです。

第三章　オルゴナイトQ＆A

オルゴナイトに関してよくある質問と回答です。

Q1　オルゴナイトは浄化が必要ですか？

A　基本的には、天然石と違い、浄化の必要がありません。どうしても浄化したい

場合は、月に一度簡単に水洗いをするか月光浴をおススメしています。水に長時間漬け置くのは避けてください。

Q2　オルゴナイトを処分しようと思うのですが、何か気をつけることがありますか？

A　通常の不燃物と一緒に処分していただいて問題ございません。ただ、割れてしまったりしてもオルゴナイト自体のパワーがなくなる訳ではありません。例えば、お庭に埋めていただいたりしても、そこで効力を発揮するといわれていますので、我が家では、失敗作を畑に埋めて浄化したり、元気のない観葉植物の根元に置いています。不思議と枯れかけていた植物たちが生き生きと新たな葉を出しています。

世界では、このオルゴナイトを製作して電磁波を発している電波塔や、電柱などの根元などや、水がよどんでいる場所に、オルゴナイトを置いたり、埋めたりするという「ギフティング」と呼ばれる活動が密かに行われています。よろしければ、あなたの不要なオルゴナイトもそのような活動に利用されてみてはいかがでしょうか。

Q3　オルゴナイトの色が薄くなったり、くすんできましたがどうしてですか？

A　レジン液は有機物なので劣化していきます。また、ネガティブな思いを吸い込んでポジティブに変換するオルゴナイトなので、眼に見えませんがオルゴナイトの中では気が入れ替わっています。感情の起伏が激しいと、オルゴナイトは変換に追い付かず疲れてしまうとも言えます。

例えば、ブレスレットの天然石の色が変化していくのと同じ原理なのです。色が変化したりくすんできた場合は、浄化をしてください。または、次のステージに向けて新たなオルゴナイトをお持ちになることをおススメします。

第四章　人気のあるオルゴナイト

オーダーやワークショップで人気のあるオルゴナイトの型をご紹介します。

黄金比のピラミッド　（再生・復活の象徴）

エジプトのクフ王のピラミッドと同じ比率のピラミッドは、開店祝いや、お世話になっている実業家の方にプレゼントされることが多いです。次は、家族の健康を願ってリビングに置きたいとのご要望があります。裏面には、願いに合わせた神聖幾何学模様から作られたエナジーカードを入れられるので、さらにパワーアップします。

チャクラオルゴナイト　（心と身体をつなげる）

チャクラは、心や感情といった目に見えない部分と肉体をつなげます。心・身体・魂のバランスがとれていることが本来の「健康」の意味です。セラピストや自宅サロンをやっている方からのオーダーが多いです。体調を整えたい方にもおススメです。

勾玉　（生命力・潜在能力の開花・開運・魔除け）

ＨＡＡ協会オリジナルの型なので、ネットで市販されていないため希少価値が高いです。ぷっくりと丸みがあるので人気があります。健康運を願う方からのオーダーが多いです。３サイズあるので、ピアスやペンダントトップも作れます。丸みがある形なので、定

期的に浄化をしましょう。

オベリスク　（パワーの収束・繁栄）

エジプトの記念碑。オベリスクの頂点もピラミッドの黄金比です。会社のデスクに置く方、仕事用で持ち歩きたい方におススメです。

天使の羽　（上昇志向・挑戦）

ペアとしてのプレゼントに大好評です。天使好きの方にはおススメの型です。こちらも、丸みがある形なので定期的に浄化しましょう。

おわりに

最後までお読みくださりありがとうございました。
今でこそ、減っていきましたが、以前は、「依存しがち」「なんで思い通りにいかないのだろう」「こうすればもっと良くなるのに」と執着心や、コントロールすることが多々ありました。そして、辛くなっていく負のスパイラルに自ら落ちていき抜け出し方もわからず苦しんでいました。
ところが、それらの問題は、オルゴナイトを作るようになってから自然に薄らいでいったのです。手作りなのでひとつひとつ出来栄えが違います。同じものは作れません。また、作り手の人生も映し出されるオルゴナイトは、比べるものではないのです。

今感じるままに作ればよいのだ。

作っている瞬間、時というのは、集大成のようです。今、何を感じるのか自分と向き合う時間でもあるのです。

一期一会、ご縁、人脈は金脈（財産）です。出会いはお金で買えても、その後もつながるご縁や人脈、仲間、信頼信用は、簡単には築けないものです。仲間の応援の有り難さを実感しています。

最後になりましたが、関わってくださった多くの皆さま、オルゴナイトを通して出会ってくださった方々、いつも支えてくれている家族、高橋満美という存在を表現できることに感謝の気持ちでいっぱいです。そしてこの書を読んでくださっているあなたにとって、大切な思いを表現するきっかけになれたらどんなに嬉しいかと願っております。

ご協力いただきました、HAA（ヒーリングアーティスト）協会（https://haa-feel.jp/）、一宮寿山先生（仙術家 一宮寿山の言霊ブログ）に感謝の意を表します。

中野美香（mino'aka）（なかのみか）

2015年3月に市役所を退職し、現在は、歌うたい、物書きとして活動。

人生でコケるたびに、本に救いを求めてきた。学生の頃は、喜多嶋隆氏の小説に出てくるヒロインに勇氣をもらい、成人してからは、エッセイ・自伝、自己啓発書、スピリチュアル系のものに移行。自身のことが知りたくて、スピリチュアル系のものに手を染めてきたが、結局は、自分の意識がこの世界を創っていることを噛み締めている。

昨今は、引き寄せの法則、量子力学、ワンネスなどを研究する日々。現在、北極流の運命学も学習中。タダで実践できる価値ある「創造の法則」を、みんなが使えるようになればと思っている。

Facebook：
https://www.facebook.com/mika.nakano.96
アメブロ：
https://ameblo.jp/welina-minoaka

生きづらさを解消するためのスピリチュアルな「人生という旅」

中野美香

○2017年から始まった新たな歩み

「2017年からは、『道を究めることで、己を磨く』10年になります」

2017年2月、（北極流の占い師・羽賀ヒカルさんの）運命診断を受けたときに言われたこと。今、振り返ってみると、たしかに、「道」を究めながら、自分が成長していることがわかります。そして、これからもどんどん進化していくだろうことも。

○氏名に隠された〝使命〟

はじめまして、中野美香と申します。またの名を、mino'aka（ミノアカ）といいます。mino'akaは、ハワイの言葉で「笑顔」という意味があります。この言葉の中に、「Nakano Mika」という文字が過不足なく含まれていることに、お氣づきになられましたか？

mino'akaという言葉が生まれたハワイという土地は、とてもエネルギッシュ。わたしが大好きな作家さんの物語は、「ハワイ」が舞台だったことも多く、中学生の頃からの憧れの地。

大人になってからは、ひとりで何度も訪れています。人生における氣づきをたくさん与えてもらったり、行けば必ずパワーもいただいて、元氣になって戻ってこられる、わたしにとってスペシャルな場所。そんなハワイに縁がある名前だとは、それを知ったときの驚きが大きかったのは、言うまでもありませんが。

わたしの笑顔は、不思議なチカラがあるようで、ありがたいことに、この笑顔の存在に、「ホッと、安心しました」「癒やされました」とか、「元氣をもらいました」と言ってくださる方が多いのです。はたまた、就職の面接の際、この笑顔を褒められて、驚いたこともありました。

氏名は〝使命〟とも言われますが、身を持って体感させてもらっています。アナグラムとは言え、言霊（コトダマ）のチカラは偉大なりですよね。生まれてきたわたしに、Mikaという名前をつけてくれた母（オカン）に感謝しかありません。

わたしは、２００３年から、大阪を中心に活動するグループで歌っていました。そして、２０１８年3月、mino'akaというアーティスト名で、歌のソロ活動も始めました。

ある一つの思い込み（前提）が、自分の人生を左右しているとは氣づかないままで……。

○わたしの「道」と神社参拝

冒頭の運命診断を受けようと思ったのは、2017年3月からの半年間、毎月一つずつのテーマに沿った神社参拝セミナーに通うことをすでに決めていて、ここから何か変わって行くのだろうか？　とお話を聞いてみたくなったのでした。

そして、その結果は、「2017年からは、『道を究めることで、己を磨く』10年になります」と。確かに、神社参拝のセミナー以降、この10年を始めるにあたって、驚くようなシンクロが起こったのでした。

まず、最初の神社は、「椿大神社」。

主祭神・猿田彦大神（さるたひこのおおかみ）が、瓊瓊杵尊（ににぎのみこと）の天孫降臨の際に、道案内を行なったことから「道開きの神様」と言われています。

別宮「椿岸神社」には、天之鈿女命（あめのうずめのみこと）が祀られています。

天之鈿女命は、天照大神（あまてらすおおみかみ）が「岩戸隠れ」したときに、胸がはだけるほど舞うことによって、「岩戸開き」のキッカケを作りました。

「岩戸開き」のために神々は、自分の持っているチカラをそれぞれに活かし、役割を果たしました。それを知ったとき、もし、わたしに役割が与えられるとすれば、長いこと続けてきた歌を歌うことで、「天之鈿女命のように盛り上げること」かもしれないと思ったのです。

それをキッカケに、天之鈿女命が祀られている「椿大神社」に行ってみたいと思っていたところ、神社参拝セミナーの最初の神社に選ばれていたので、ご縁のものかなと参加することに決めたのでした。

4月の神社参拝には、歌のライブが重なって行くことができず、5月3日、福岡の太宰府天満宮に参拝しました。太宰府天満宮には、菅原道真公が祀られているのは、みなさんご存知かと思います。

ゴールデンウィーク中で飛行機が取れず、往復夜行バスを利用することに決めて、福岡へ。ちょうどその前に、とあるギターを弾く方から、一緒に活動しませんか？とお誘いを受けていて、参拝後、ゴールデンウィークが終わってから打ち合わせに行くつもりでした。

しかし、福岡へ向かう夜行バスの中でのこと、その方から、今回の話は見送ってほしいという旨の連絡が入りました。参拝が終わったら、新しいスタートが切れると思っていたので、意外な展開に呆然。動揺したココロをひとまず落ち着けて、太宰府天満宮に向かいました。

そして、参拝の前のセミナーの中で、菅原道真公の歌が紹介されました。

「心だに誠の道に叶いなば祈らずとても神は守らん」

和歌の内容にもココロを打たれたのですが、それよりも、わたしにとっては、「誠」の文字を見たとき、歌の師匠の名前だったことに衝撃を受けたのです。「誠の道」とは、「師匠とともに、歌の道を歩みなさい」と言われているのではないかと思ったのでした。

今から振り返ってみると……新しいことが始まるという期待半分、わたしのココロにあったのは、「わたしみたいに、音楽の知識がなく、歌もめっちゃ上手ではないものが、一緒にできるんやろうか?」という不安でした。その不安な思いが、「ギターの方からお断りされる」という出来事を生み出したのではないかと。そして、今から思えば、自分のアカンところも、いいところも知ってくれている師匠の下で、歌を歌っていたかったことの現れだったのかもしれません。

○師匠とともに作った歌「未来からのエール」

大阪を中心に活動しているグループで、長年歌ってきたわたし。2018年に開催された定期公演のためのテーマ曲の原案を、わたしが作ることになりました。

めっちゃ落ち込んだときに、「JOY WILL COME」というゴスペル曲に救われた恩返しもあって、

「Joy will come with the morning light(喜びは、朝の光とともにやってくる)」

その一節をモチーフに、「今の自分の意識がこれからの自分を作る、今を大切にしよう。自分や誰かを愛する力を胸に」という、共に歩む仲間へのエールを込めて歌詞を書き、師匠に補作詞・曲・アレンジをしていただいて、それは出来上がりました。

曲の完成は、2017年の定期公演の前。次回定期公演のテーマ曲として、エンドロールで流すために作成していたのです。ちょうどそのとき、メジャー・レーベルから、この曲を発売するというチャンスに巡りあい、「mino'aka」としてメジャー・デビューに挑戦することに決めたのでした。

○歌と劣等感

平成元（1989）年4月、わたしは高校に入学しました。ちょうどその頃はバンドブーム。レベッカ、SHOW-YA、BOØWYなどが活躍していた頃と重なります。歌うことが好きだった中学生のわたしは、高校は軽音楽部があるところへ行ってバンドを組んで、ボーカルになるんだと決めていました。入学と同時に、軽音楽部に入って、バンド仲間と出会って、いろんなバンドのコピーを始めました。

今から思えば、その頃のわたしの歌は、今の自分とは全く別物やったと思います。しかし、その頃は怖いもの知らずのところもあったし、自意識も強くて、それなりに歌えていると思っていた……。

高校一年生の文化祭にバンドで出演、歌わせてもらい、緊張しながらも氣持ちよく終わるはずだったのですが……その様子を、親友と呼べる高校の同級生が、他校に通いバンド活動をしていた友人とともに聞いてくれていました。その親友の友人が、親友に「あの子の歌、全然あかんな」と耳打ち。とっさに親友は、彼女に「しーっ」としてくれたものの、わたしは聞いてしまった。それからのわたしは、そのトラウマを抱えながら、歌を歌い続けていくことになるのでした。

後々、その親友にこう言われたことがありました。「高校時代の美香は見た目や行動と違って、心がもろくて、まるでガラスのように壊れやすかった」と。事実、わたしは、いつも自信がなくて、それを隠すかのような行動をしていたのです。でも、素の自分は、人のいろんな氣を感じやすくて、いつもオドオドしていた。人の輪に溶け込んでいくのは苦手で、場合によっては、イジメの対象になることも。

そんな素の自分をさらけ出せていたのが、その親友だったのです。だから、親友は、「あの子の歌、全然あかんな」の言葉に、わたしがどんな思いを抱えるか想像できていたのだと思います。

歌だけに限らず、自分のいい面を褒められたりしても、素直に受け取ることができなかったのは、その言葉が偽りのものかもしれないという怖さがあったから。受け取った瞬間に、それが反転するのではないかという怖さ。自分には褒め言葉を受け取る価値がないのだ、と思っていました。だから、さらなる失敗をして、自分の存在価値がなくなるのが怖い、新しいこと・人と違った行動をすることや、目立って叩かれるのが嫌という思いも併せ持ってました。

思い返せば、平成という時代が始まった年から、わたしは自分の劣等感を強く感じ、自分責めをするクセが色濃く現れた「岩戸なる時代」に突入していったのでした。

２０１８年にメジャーデビューしたものの、自分の歌に対する劣等感が拭えず、他人と比較しては自己卑下したり、それを映すかのように、やることなすこと裏目に出たりして、歌うのが怖くなっていくと、自己防衛するかのように、声が出なくなるという事態を引き起こしたのでした。

声は出ないけど、歌わないといけない。でも、リハーサルでは、声が出ない。歌えない辛さを抱えながら、本番に臨むと、本番では声が出るというミラクルが起こる。一体なぜそんなことが起きているのか、その謎が解けるのは、もう少し先のことでした。

○他人との比較、剥がされる怖さ

話はまた遡り、高校は、進学校だったこともあり、受験を控えて、バンド活動は途切れることになりました。わたしも大学を受験。しかし、受からなかったので、高校卒業と同時に、平成4年4月、市役所に就職することに。

時期はちょうどバブルが崩壊した直後。自分の年は採用された人数も多かったものの、翌年からは採用人数が減っていき、「出来のいい人材」だけが入ってくるような時代に転換。そして、男女雇用機会均等法が施行されたり、女性の働き方の流れが大きく変わった頃でした。

女性の採用割合が増えてきて、求められる仕事の成果も男性と同じように変わっていき、妊娠・出産・育児、はたまた介護などで勤務に穴を開けてもカバーが追いつかなくなってくる。働き続けたい、でもそのためには、「周りに負担をかけながらでも歩み続ける」という覚悟も必要だという厳しい時代になっていました。

大卒はキャリアコースを歩み、高卒は実力があっても前に進めないこともあると知ったのは、就職してから。おまけに、わたしは女子。就職した当時は、苦手なお茶汲み、女性らしさを求められることもあり、それまでそんなこととは無縁だったわたしは、できる先輩女子といつも比べられて、いきなりの劣等感。就職してからの5年間は、バブル崩壊後の施策のツケなどもあり、仕事の内容も翻弄されて、仕事に対する要領の悪かったわたしは、人間関係にも悩み、早くも脱落しかけ、退職を考えた時期もあったのでした。また、結婚、出産、育児と仕事の両立に悩み、自ら退職の道を選んだ先輩女性の姿も見てきたので、その厳しさもひしひしと感じていました。

その後は、仕事内容や人間関係にも比較的恵まれ、自分の持つ良さが発揮できました。しかし、異動のたびに、仕事も人間関係もほぼゼロからの振り出しに戻り、仕事を覚えるまでは四苦八苦。もともと、能力より努力でカバーするタイプだったので、人より時間はかかるし、その分できない自分の仮面が剥がれるのが怖かったのでした。

そんな中、歌う機会に巡りあい、再度歌うたいへの道を歩むことになったのです。仕事でしんどいときでも、歌って発散する、そんな時期もありました。

30歳を過ぎて、妊娠・出産・育児、さらに、母の介護が重なり、恐れていた状況に、自分も足を踏み込むことになりました。働きたいけど、思うように働けない。人に頼れるか頼れないかは、同僚・上司次第。その分、同僚・上司は残業が続く中、自分は帰って子育て、介護という日々も送ることに。それでも、少しでも自分が望む仕事がしたいと、公募試験を受けたりしていたのだから、どれだけチャレンジャーだったのかと思います。

公募により異動したので、職場になんとか貢献したいと、家族を犠牲にすることもありました。母が亡くなる直前は、職場の人員の総入れ替えで、頼るに頼れない状況でもあり、そんなわたしを氣づかうように、2012年のゴールデンウィークの連休初日に母は亡くなったのでした。

母の期待感を背負って働いていた部分もあり、わたしはその前の数年間は男性性全開で働いていました。また、鬼軍曹のように、できない後輩を叱り飛ばしたりしていたこともありました。そうでないと、職場で生き残れないとでも信じているかのように。

母が亡くなった翌年4月、母が望んでいた「昇任」という成果を手にすることになりはしたものの……昇任した先は、就職した当時、自分に合わないと思い退職を考えた職場でもありました。

育児をしている自分が「昇任」できるポストは少ないことも理解した上で、そこに異動したものの、仕事も人間関係もうまくいかず、仕事の評価も最悪の事態。できない自分が情けないと思っていたら、できない後輩を叱り飛ばしていたように、上司に叱り飛ばされる自分がそこにいたのです。成果が上がらず、一度貼られたレッテルは剥がすのが難しいと、その世界を見てきていたので、時間の自由を切望するところも絡まって、２０１５年の３月に退職したのでした。

自分の希望する道を歩めると安堵したと同時に、安定した収入を失う怖さにも襲われながらの退職でもありました。この雛形は、退職してから長い期間、自分の首を絞めることになるとは思いもせずに。

今から振り返れば、２０１２年は、世界全体が、男性性優位から女性性優位に移り変わった時期。そのタイミングで、自分の価値観が変わっていくキッカケになる出来事が起こっていたのです。もうその働き方・生き方は、時代に合ってないからと、まるで言われていたかのように。

○結果的に、〝生きづらさ〟を解決するためのツールを集めていくことになった（氣質編）

20代前半、数秘術や算命学の面白さに出会い、何となく自分の本質を読み解かれているような氣がしたのが、スピリチュアルと呼ばれるものに興味を持つキッカケだったように思います。

妊娠・出産を経験した後、母の介護もあって、お金があったら、働かずして自由な時間を手に入れられて、今よりラクになれるのではないかとか、仕事がうまくいかないとき、職場の人間関係に悩むたび、ビジネス書、自己啓発本、引き寄せの法則などの本を片っ端から、通勤時間に読んでいました。

「潜在意識」に関する本を多く読むようになり、「数秘術」を使って、「潜在意識」に潜む思考パターンなどを読み解く手法に興味を持ちました。

自分が持つ「(氣がつくと現れている) 才能＝1」と「魂が望んでいること、使命・運命、ペルソナ＝9」。「1」が前へ前へと積極的に進もうとする衝動を「9」は上から眺めているみたいな関係性にも見てとれ、最後はバランスをとっている。

また、「1」の積極的な氣質を出そうとしたことで、人から出る杭は打たれる咎められ方をした経験などから、意図的に「1」の氣質を出さないようにしてきたところもありました。それが「潜在意識下の葛藤パターン」でもあったことも、後々知りました。

はたまた、退職する前には、自分の天職が知りたくて、西洋占星術や紫微斗星の鑑定をお願いしました。退職前には、「歌」「自分の経験を活かした女性の相談に乗ること」を軸に、収入を得る道が得られればと望んでいたのです。結果、どちらも流れに合っているとの回答がやってきました。もしかしたら、自分が望む鑑定結果を引き寄せていたのかもしれません。

紫微斗星でわたしが持つ「破軍星」という星。この星は、乗りこなすのが大変な馬のような星らしく。でも、乗りこなせるとすごいパワーを持つ星だとか。自分の人生のドラマティックさは、そこから来ているのかもしれないですね。羽賀ヒカルさんが伝えている「六龍法」でも、「火龍」のわたしは、ドラマティックな人生を歩みやすいと。

また、九星氣学では、本命星は「九紫火星」。偶然ながら、QUEENのフレディ・マーキュリーも「九紫火星」で、月命・同会・傾斜も一致。あの映画で、彼の姿に自分の姿を重ねて深く共感した部分があったのは、そのせいだったのかもしれません。

「九紫火星」はアイドル星とも言われていますね。月星座が「獅子座」なのですが、人前に出るようなものが資質としてあるようなので、このあたりはリンクしていますね。一方、太陽星座は「乙女座」で、分析などに長けていて慎重行動派。星座のお隣同士は、相反するところなので、ここはジレンマが生じるところとも言えます。

2015年3月に退職したときには、これから具体的に何をしていくかというのはノープランに近く、しばらくゆっくり休憩をと思っていました。しかし、そこで、生年月日から鑑定した「わたしの特質を求めていた人」と知り合うことになり、新たな舵を切ることになりました。

陰陽五行、木・火・土・金　水×陰陽（陽・月）＝10パターンそれぞれに相関関係がある「門」と呼ばれる手法。わたしは「陽官門」。おまけに、陰陽両方の特質を色濃く持った「特級官門」。

相関する組織関係でうまくいくパターンは、「立門」と言われるリーダー気質の人に、忠誠を誓う騎士のイメージ。一方、「立門」に対しては、目の上のたんこぶのような物の言い方をするので、ある意味、「立門」には煙たがられる存在にもなります。

しかし、「立門」が成功していくためには、「官門」のチカラが必要になるようで、それを知っていた「社長」＝〝土君〟は、「官門」を探していたのでした。組織には、「立門」を盛り立てるための「財門」という役割が必要で、その方々は先に会社組織の中に。そこに、わたしが加わり、役割を果たすことになります。

わたしは、上司運に恵まれないと開花しないタイプで、上司とソリが合わないと実力が発揮されず腐ってしまうそうです。前職で、人間関係に苦労したときというのが、まさしく上司と上手くいかなかったとき。退職した時点では、「何もかも上手くいかない」というドン底の世界だったので、こういう関係がわかりながら採用されたことで、自分の持っているいい面がどんどん開花していったのは、すごく面白く、そして、自分に自信を取り戻していく、いいキッカケにもなりました。

一方で、自分の特質に合わない作業をお願いされたときの、自分のテンションの低さ、質の悪さには、自分でも驚いてしまいましたが（苦笑）。

ちなみに、「官門」の適職は「公務員」。「公務員」を辞めた後に、その適職を知るという展開に思わず笑ってしまいましたが、実は、そのことを別の方から教えられてもいたのです。

ちょうど20代半ば、諸々で退職をするか迷っていたとき、京都の晴明神社の陰陽師さんに鑑定をお願いしたら、「公務員を辞める必要はない」とキッパリと言われたのです。この陰陽師さんが使っていたのが、四柱推命。「門」とベースが同じでした。ここに氣づいていたら、我慢して退職を留まっていた可能性もゼロではないわけで、物事にはタイミングというものがあるようです。

すごく居心地のいい関係で、仕事をさせていただいていたのですが、「時間を自由に使って行きたい」というわたしの願望もあり、2018年1月に卒業させていただきました。

そして、45歳にして、自分の〝生きづらさ〟の根幹にあった氣質が「HSP（ハイリー・センシティブ・パーソン）」によるものだと知りました。「繊細・敏感・感受性が豊か」そんな氣質を持っています。

わたしの〝生きにくさ〟を感じていた部分として、

・人の表情や、対応の仕方などが氣になって、相手がどう思っているかを氣にしなが

ら行動するので、いつも正解をどこかに追い求めていたり

・人が怒られていると、自分も怒られているような感じになってびくびくしていたり

・自分に自信が持てず、自己肯定感が低かったり

などが挙げられます。

相手や物事の変化に敏感に氣づいたり、大きな音が苦手だったり、臭いに敏感だったり、そういった面もあります。そういう繊細さ、感受性の豊かさを活かせる場面も多いにあるので、偏った見方をする必要はないと思うのですが、わたしにとっては、〝生きづらさ〟の要因の一つになっていたのでした。

そうやって各々の氣質を眺めていくと、わたしの場合、「アクセル」を踏みながら、「ブレーキ」も踏んでるような感じとも言える組み合わせが多いことがわかります。それを理解した上で、自分の人生を眺めてみたら、突き抜けたいけど、突き抜けられなかった事象が、そこかしこに見えてきました。

○結果的に、〝生きづらさ〟を解決するためのツールを集めていくことになった（理論編）

これまで挙げてきた氣質と絡まって、〝生きづらさ〟を感じることの多かったわたしは、自己啓発、心理学、潜在意識、脳科学、引き寄せの法則に関する本をよく読んでいました。本を読んでは実践。上手く実践できるものもあれば、できないものもありました。できなければ、また底を深堀したり、情報を得ようとしたりを繰り返していました。

「引き寄せ」にも興味を持ち、どういう仕組みでそれが起こるのかが知りたくなり、「量子力学」も学んでみたり。全ては、エネルギーと情報でできていて、意識の力でそれを変えることができたり、振動の違いが状態の違いを生み出しているとか。

引き寄せは、波動（周波数）が同じときに起こるんですよね。そのときに、キーになるのが、「自己肯定感」だということも知ったわけですが……わたしは、いかんせん「自己肯定感」が低かったのでした。

前段でわたしはこう書きました。

２０１８年にメジャーデビューしたものの、自分の歌に対する劣等感が拭えず、他人と比較しては自己卑下したり、それを映すかのように、やることなすこと裏目に出て歌うのが怖くなっていくと、自己防衛するかのように、声が出なくなるという事態を引き起こしたのでした。

声は出ないけど歌わないといけない。でも、リハーサルでは声が出ない。歌えない辛さを抱えながら、本番に臨むと、本番では声が出るというミラクルが起こる。一体なぜそんなことが起きているのか、その謎が解けるのは、もう少し先のことでした。

ある日突然、友人から「椿大神社って、どうやって行けるの？」と聞かれたのです。聞けば、声の波動を変えていくことによって、心の状態などを変えるというものを体感しに行ったそうで、そこでの課題が、椿大神社に行くことだったとか。神社参拝のセミナーだけでなく、その後、個人的にも参拝に行っている縁のある神社だったので、行き方の説明を。せっかくなので、その後すぐに友人に会いに行き、その様子を聞いてみました。
その頃は、自分も喉の調子が悪かったので、興味を持ったものの、なぜかすぐに行動には移しませんでした。一ヶ月ほどして、受講していた量子力学のセミナーのときに、「歌」「潜在意識に関すること」「量子力学に関すること」を組み合わせて、何かできないか？と思ったのです。そのときに思い浮かんだのが、「声の波動を変えて、心の状態などを変える手法」のことでした。

自分の声が治せるとは思わなかったものの、とにかく行ってみようと申し込みをしました。そう言えば、その方は、「椿大神社」に行ったときに、その手法を思いついたのだとか。なんとなくご縁もあるものやなあとの軽い氣持ちで、当日を迎えました。

声が出なくなっている状態のこと、なぜか、氣分が高揚していたり、いい意味での緊張感がある本番では声が出ること、また、声が出るようになったら、また歌っていきたいという話をした上で、施術開始。すると、今まで締め付けられていた喉が開き、スムーズに声が出せるようになりました。そのときに言われたのが、「自己肯定感が低い」と。その状態（波動）を変えていくことで、声が出るようになったという仕組み。そう、不調の原因の根っこが、つながっていたことを知ったのでした。

その後、「自己肯定感」を維持しようと努めていたものの、日常の中ではいろんな出来事が起きて、思いグセが現れたりしているうちに、また、声の調子の悪さが現れるようになりました。驚きと同時に、声とココロの状態が結びついていたことを改めて実感させられました。

○平成という「岩戸なる時代」から、令和という「調和の時代」へ

平成元年、わたしは高校1年生でした。それから30年、自分の氣質と付き合いながら、いろんな出来事がありました。

〝生きづらさ〟を感じたことも多かった。

望む「結果」が出ないという辛さも味わいました。

一方、どこにたどり着くかわからない「道中の楽しみ」も、山ほど味わってきました。その時々の出来事から得られる「氣づき、出会い、シンクロ」。その瞬間瞬間、わたしのココロは感動に震えて、至福に包まれていました。ココロは、とても満足していました。でも、頭は目に見える結果を求め続けてる。女性性が満足しようとする世界観に、男性性が横ヤリを刺すように（苦笑）。

そんな中で、「〝生きづらさ〟を解決するためのツールを見つける旅」を平成という時代にしてきたように思っていました。しかし、それは「自分が創り出したストーリーだった」と今ならわかるのです。

わたしは、平成という時代に、自分のパーソナリティを知るために、スピリチュアル的と呼ばれるさまざまなツールに出会い、自分の〝生きづらさ〟の原因を知る手がかりにしてきたはずでした。それと同時に「ツールを手に入れれば、人生がうまくいって、この先、幸せになれるかもしれない」という幻想が隠れていて、結果的に、〝生きづらさ〟や〝望んでないつもりの現実〟を引き寄せていたのではないか？ とも思うのです。

なぜなら、「幸せは今ここにある」とわたしが信じ、決めない限り、永遠に幸せになることはないはずだから。そう、「今幸せでない」という自分の前提が、これまでの現実を創り出してきたのだと。それも含めて、「思っていたことは全て叶っていた」と氣づいたのです。

そこに氣づけたことが、わたしにとっての「令和という時代への『岩戸開き』」。平成という時代に探し続けていた光が見えた瞬間でした。その光とともに、平成から令和という時代は、「生きづらさ」から「人生が調和していく」、そんな未来が待っているのだろう、と。

これからも、いろいろな出来事が、あなたにも、わたしにも縁によって起こる。それは本来ニュートラルなもの。その出来事が現れては、各々の解釈によって創られた世界に変わっていく。つまり、各々の前提・思考・意識が、創り出す世界。その世界は、海のように一つのものとして広がり、起こる出来事は波のようなもの。だからこそ、その波を、我々は望むように創造することもできるのだと。

平成から令和に移り、２０２０年、驚くべき出来事が起こっています。しかし、その出来事すら、我々が創り出したものともいえるこの世の不思議さ。これからどう世の中が変わっていくのかわからない。少なくとも、わたしには。

わたしにとって、「『道を究めることで、己を磨く』10年」は、まだ道の途中。令和という未知なる道の上、わたしにできることは、「今、ここで幸せ」を感じながら、「今起こる出来事は、最善であり最幸」という前提で、これからも歩んでいくことだけだと。

原田貴子（はらだたかこ）

1974 年生まれ、愛知県出身
南山短期大学英語科卒業、3 年間の会社勤務を経て留学。フィレンツェを拠点にヨーロッパを放浪しながらイコノロジーを学ぶ。
帰国後、国際遠距離恋愛の末に結婚。出産後、軽度鬱を発症し未来に希望が持てないまま、10 年が経過。第 3 の人生へ向け、自身を立て直すべく手相占いを受けて以降、人生が少しずつ変わりだす。様々な方向から見えない世界を学ぶうち、離婚寸前だったパートナーシップが劇的に改善、望み通りの穏やかな人生に。

今後の生き方の指標となる言葉は、
「他人の要求を満たす人生から、自分の欲求に責任を持つ人生へ」

アメブロ：
https://ameblo.jp/yamamuramisa/

「大切なもの」

原田貴子

それは全くの偶然だった。

玉作湯神社。日本の夕日百選にも、しばしば取り上げられる宍道湖より、車を走らせること、およそ五分。出雲国風土記にも記される由緒正しい、近年は、かわいらしい願い石で女性に人気の、こじんまりとした神社だ。

一泊二日の旅を終え、帰宅してゆっくり写真を見ていたとき、それがふと目に止まった。隅の方に何かいる？　拡大してみると、ＣＧで作ったような不思議なものが写っている。

これは一体なに？

私はもともと人付き合いが苦手で、胸襟を開ける相手はごく僅かだ。それでも気の合う人はできるもので、ここ数年は三人の友人と親しくさせてもらっている。

親交が深くなるにつれ判明したのだが、この人達、揃いも揃って霊感がある。幽霊が見える、ワンネス体験、ビジョンが浮かぶ。

今から思えば、もう何年もかけて誘導されていたのだろう。用心深い私が、目に見えない世界を受け入れられるように。

人にはそれぞれタイミングがある。

ある日突然の人、病気などで目覚める人。

私は、自覚症状のないままジワジワ追い詰められるタイプらしい。四十代半ばにさしかかるこの年まで、強烈に印象に残る体験が二度あった以外、不思議な現象とは無縁だった。

そんな私でもハッキリと何かおかしい、と思ったのは、度重なる水トラブルだ。隣人からの水に絡むクレーム、トイレの排水管破損、キッチンの排水詰まり、洗濯機の水漏れ。しかも、どんどん間隔が短くなる。

さすがにこれだけ続くと、一体何が起きているのか途方に暮れ、軽いうつ状態になった。何もしたくない、庭に出るのが怖い。電話の音も消して引きこもる時間が増えていく。

二年近くの間に次々と悩まされた水現象が少し落ち着き、肩の力が抜け始めたある日、友人に旅に誘われた。

それが、出雲大社への参拝。見計らったかのような、このタイミング。

言わずと知れた縁結びの神様に、一体どんなご縁を頂いたのだろう?

これ以降、目に見えない世界に自らのめり込んで行くのだ。

神社や水辺等、気の良いと言われる場所の写真を見ると、信じられないくらい綺麗なものが見える。オーブの一種だろうが、丸いものだけでなく、ヘビのような、うねるものが多い。

その全てが、内側から発光している。メインカラーは、青、紫、緑、白、ピンク。

オーロラや虹の世界が浮かび上がる。同じような不思議写真をネット上で探してみると、あるわ、あるわ！　世の中には、この綺麗な世界で生きる人がこんなにも沢山いるのか！

うっとりと写真を眺める毎日に、気づくと水トラブルはぴたりと止んでいた。後に知ったのだが、私の属性は水。見えない世界で何かが動きつつあるのを、知らせてくれていたのだろうか？

望んだわけでも、幼い頃にあったわけでもない。不思議なものも、うっすらとしか見えない。乱視が悪化した？　老眼が進んでない？　知りたくてたまらなかった私は、友人に誘われるまま、パワースポット巡りを始めた。気づけば、北海道から沖縄まで一年で計八回。

他にも、手相占いやタロット、本もどんどん読んだ。潜在意識やインナーチャイルドセラピー、学生時代は空想タイムだった物理的な側面から捉えた量子力学も、興味が湧くとスイスイ頭に入る。

同時進行で、パワーブロガーと呼ばれる方達のセミナーに次々参加した。自己啓発系から霊感系まで、一年で計十四人。行動力だけは自信がある私は、「自己投資に最適の年」を信じて、回せる以上の金額をつぎ込んだ。

今振り返ると、直接ご本人にお話を伺うことができる少人数のセミナーは、本当にそれに見合うだけの価値があった。役に立つか、答えが得られるかは完全に度外視。ただ、ご本人に会ってみたい。それだけで足を運んだ。

その中でも、この原稿に向かう契機となったのは、三人の方との出会いだ。

最初は手相占い。「五十才以降、多くの人と関わり物を教えている」と言われたときだ。

は？ 誰が？ 今の自分との乖離の激しさに、頭が?? 付き合う人はごく限られた今とのかけ離れた未来が、全く想像できないのだ。そこから先は疑問と疑念の大洪水。具体的に何をすればいいの？ 何を教えてるの？

そもそも手相だって、誘われたからお付き合いで来たのが始まりだよ？　強く願えば叶うのは分かるけど、想像さえしたことのない未来でも実現するの？

目標が決まるとそこに集中する、物事を白黒ハッキリつけたい私には、自分の努力だけではどうにもできない、ゴールも見えない、この宙ぶらりんな状態が苦しくてたまらなかった。

だから動き回った。頭で分からないのなら、身体を使うしかない。

けれど今思えば、このときの私はよくあるふわふわスピリチュアルだったのだろう。見ているのは先のことばかりで、今の自分がいない。何度も波を越えた今、ようやく「今ここ」に意識をフォーカスするコツが掴めるようになった。

例えばこんな風に。学校へ行く子供をいつも通り追い立てるように見送ろうとしたその日、ふと思った。あと何度こうして背中を見送ることができるだろう。

その瞬間、緊張がスッと消え、丁寧に送り出している自分に気づいた。ソワソワし

ていたのは、仕事に出る前に済ませなければならない用事を考え焦っていたから。あ
あ、こうして常に先のことばかり考えているんだな、今を生きるって案外難しいんだ
なと腑に落ちたのだ。

上手くいかない原因の多くは力み。演奏も歌もテストも、何でもそう。

なりたい未来なんて分からないのに、一生懸命思い描くのは精神的に消耗する。
じゃあ、やりたいことをやればいい、と人は言うが、真面目で責任感の強い人間に
はそれができない。お金もないし、自分だけ楽しむのは申し訳ない。ヘタをすると、自
分で自分のことも決められないダメな人間だと、自分責めループに突入する。私もそ
うだった。

やりたいより、やる必要に迫られて動き出した結果が、今の自分に繋がっただけ。
意識高くとか波動上げるとか、精神論でモチベーションを維持するのは疲れる。私
のような不器用なタイプは、取りあえず目の前のことを精一杯やるしかない。何だか
目指しているのと違うが、やり方が分からないから仕方がない。だが行動すれば結果

が目に見える。それなら、できる所から積み上げて行こう。人生はいつ何が起きるか分からないのだから。

二番目に大きく揺れたのは、ある霊視系の方のブログ企画での鑑定だ。

五年後の自分からのメッセージを受け取れるという内容で、進む方向が分からなくなっていた私は、家事を放棄してスマホを握りしめた。執念が実り二時間後にようやく繋がったときは、あまりの緊張に更年期症状かと思うほど、手がプルプル、冷や汗タラタラ。血圧は上がるし、アゴが震える。そこで受け取った内容は、手相での鑑定を裏付けると同時に、やはり信じ難いもので、失礼ながら他の人の鑑定と間違えていないかと疑いすらした。

どうやら、「人を元気にする仕事をして講演会のようなものをやる」らしい……。

運転免許しか資格のないパート勤めの私が？　人の前で話すの？　何か発言したり発表する必要があっても、なるべく最初にサッと終わって人の印象に残らないようにしたいヘタレだよ？　言われてる意味が分からない！

ここまで、玉作湯神社でのできごとから約半年。

最初は未知の世界を学ぶのが楽しくて仕方がなかった。そう、こう言う哲学的な思想も取り込んだ談議がしたかったことを少しずつ思い出した。実際、なぜそうなっているのか様々な仕組みが解るようになると、ラクになっていく。

もちろん、この間、私にも辛い時期はあった。傲慢で臆病で自己中心的。恨みや嫉妬や侮蔑。自分が気づかなかった様々な面を見せつけられる度、このまま消えてなくなりたい、記憶喪失になって別の土地でやり直したいと、何度思ったことか。罪悪感や責任感が絡みついて苦しくて耐えられない。自分の愚かさが情けなくて涙が止まらない。でも向き合わなければならない。

自分の人生に責任を取れるのは自分だけだ。

何度もアップダウンを繰り返す過程で、一番大切な、今まで誰も教えてくれなかったことを知ることができた。それは、「自分のケアは自分でする」こと。

これを自己責任と捉えがちだが、アプローチが全く違う。自分を責め、貶める自虐的なやり方ではない。

「大好きなお母さん」の役に立てなかった自責の念が、拒絶される恐怖を煽り、自らを悪者に仕立て上げる。幼少期の原体験は潜在意識に刷り込まれ、成長とともに対象が変わっても、同じ現象が繰り返される。

そのループを断ち切るのは、相当な勇気が必要だった。期待を裏切る、でき損ないの自分を表に曝け出す。そんなダメな私を受け止められるのは、親でもパートナーでもない。


本当の意味で人を解放する赦しを与えられるのは、本人だけなのだ。

常に寄り添い、自らを慈しみ育てる。どう在れば満たされ穏やかでいられるか。どこまで赦せるか。

自分の全てを受け入れていれば、エゴすら愛おしい。答えは全て、自分の内にある。

水トラブルを経て自己啓発に取り組み出して約二年、十年以上に亘り問題を抱えていた夫婦関係も劇的に改善した。衝突と修復を繰り返しながら少しずつ悪化し、私の中では離婚に舵をきり家庭内別居寸前だった。人生の足枷でしかなく、一時は憎しみすら抱いた。完全な夫源病。

玄関に足音が聞こえるだけで、息苦しい、身体が重くなる。

キッチンからリビングで寛ぐ家族を、ぼんやりと見ていたあの日々。

一人置いて行かれたような、例えようのない虚無感。誰からも労いも感謝もなく、ただ時間に追われて日常をこなす。お母さんだから、主婦だから、仕事があるから、それらを優先せねばならない。それが当然の役割。だって親もそうだし皆もそうだから。夫は言えば手伝ってくれるし、子供も素直。私は恵まれているのだから、文句を言える立場じゃない。

そんな状態から、これほど穏やかな時間を過ごせる日が来るとは、想像もしなかった。

今では逆に、感謝すら湧いてくるのだ。澱のように溜まった感情を次々に吐き出しぶつけた私に、よく耐えてくれた。人を疎ましく思う醜い感情を見つめ、優等生の仮面を剥がす。その結果が別離だとしても仕方がない覚悟で、向き合う。

あの身動きの取れない時期が過ぎた今、二年前と同じキッチンから広がる光景は、対極の世界だ。赦され、支えられていることへの感謝と平穏。

今なら、あのときの私は軸がズレていた状態だったことが分かる。

他者や役割を優先し、期待に応えようと自分に鞭を打つ。その実、それらの行動の全てが、自分で自分の首を締めていたのだと悟ったとき、この十年は一体何だったのかと膝から崩れ落ちるようだった。

他者優先のちゃんとした人の裏にいたのは、常に家族を監視し、自分が困らないよう支配する独裁者のような鬼。

自分が変われば、見える世界が変わる。自分の世界は自分が創り上げている。

今、身を持ってそう言える。穏やかなだけの結婚生活では味わえない経験をさせてもらって、ありがとうとさえ思える。とはいえ、ようやく自分の立ち位置がぼんやりと見えてきたばかりだ。

染みついた価値観や正当性がいつも顔を出す。荒波は繰り返し襲ってくる。夫婦の軋轢もまだまだある。だが、言動の本質や、周りにどういう影響を及ぼすのか振り返る余裕ができつつあることが、ジワジワと成長しているのだと気づかせてくれた。

決定的なインパクトを与えてくれたのは、三番目の出会いだ。

恐らくスピリチュアルに触れたことのある人ならその名を知らない人はいないだろう。トップリーダーにも拘わらず気さくなお人柄から、どんなお話が聞けるのかワクワクしていたが、このときのセッションでも、前述の未来像に違わない内容を伺うことになった以上、リアルの自分の意思と関わりなく、その方向に進まされていると覚悟を決めざるを得なかった。

「受け取るメッセージを言語化し、女性に届ける未来を生きる計画でいる」らしい。

二人目の方の鑑定でも書籍に関係する内容があったのを思い出した私は、この執筆の話を知ったとき、人生初のバンジーを飛んだ。

借金あるよ？　他にも講座受けてるのに、時間あるの？　ブログも書いたことないのにできるの？　だいたい、今年は現状維持じゃなかった？　余計なことして大丈夫なの？

ああ、ウルサイ！　思考、黙れ！

これまでも一人で海外をフラフラしたり、背中が凍る体験も何度かあった。一泊で十万円以上するディズニーホテルを予約したときも。でも今回ほどガクブルしたのは、初めてだ。できれば二度とやりたくない。

自己開示が大切だと言われる時代にも拘わらず、元来慎重で臆病な私はSNS上での発信をしていない。今回の経験が今後にどのような影響を及ぼすのか未知数だが、執筆を決めた理由は三つある。

一つ目は、五年以内に本当に霊的に進化したときに、今とどう変わっているのかを記すため。

今の私には、写真で見える以外、日常では全く役に立っていない。ただ、恍惚感とワクワクを与えてくれるだけ。使い方を知らないと活用できないハサミと同じ。綺麗なものが見えるだけなのだから、尚更だ。原始人の苦労が痛い程分かる。

扱い方が分からず宝の持ち腐れで退化していく？　覚醒して役目を果たせる？

そんなものがなくとも私自身が必要とされる？　全然変わってないかもね？

二つ目は、誰でも変われることを、私の経験を通して人に知ってもらうため。望む未来を手に入れる方法を発信する多くの人に共通することを、取り敢えずやってみているだけなのだ。

私だって、楽しみながらラクに変わりたかった。だが、やはりこの地球は陰陽一対の世界で、一見ネガティブな部分も必ず現れるし、避けている間は何も発展しない。それでも、越えられる壁しか用意されていないのだろうし、その先にいる自分は深みを増し強さを備え、必ず成長しているはず。煮詰まったら、力を抜いてリラックス。天からの後押しは、そんなときにやってくる。応募を迷っていたとき、ふと思いついて本屋に寄った。

ずっと読みたかった人の本がたまたま入荷していたので、手に取り、何気なく開いたページから目に飛び込んできたメッセージは、「出し惜しみするな」。

ああ、そう……、やれってことか……、と溜め息交じりにポチったのだ。

三つ目は、敢えて恥をかくため。世に出たいとか人前に出たいなど、大それたことは少しも思わないが、どうせ未来でやるなら、練習と思ってトライしてみよう。

今ですら、「女性のための」が冠に付く講座やセミナーは山ほどある。その提唱者の多くが幼少から特殊能力を自覚している人なのに、今更私がやる？何の肩書も語れる人生経験もないのに？

私の性分で、ネガティブな感情も回避したり忘れようとはしない。追い払うのではなく徹底的に傷を繰り返し思い出し、身に染み込ませる。どうせ忘れたくとも頭から離れないのなら、とことん見つめ、耐性を付けていくのだ。

水クレームの隣人以外、対人トラブルを経験したことがないが、批判やアンチが現れても慣れるしかない。痛みを過去のものとして思い出せるように、その体験を完全に馴染ませ終わらせることで、今を生き直し、未来を見ることができる。

何より、この本を手に取ってくれた女性に伝えたいことがある。

それは、「女性は、美しい」ということ。

あなたは、女性の身体を持って産まれた以上、すでに美しい。花よりも。

女性は、人間である前に女性なのだ。本来、この世で、最も美しくあるべき形で産み出されていることを受け入れてもらいたい。

このことが腑に落ちて以来、手入れをしていない女性は怠慢だと思うようになった。容姿ではなく心の問題であり、すでに美しいものをそのように扱わない姿勢が怠慢なのだ。

メイクやヘアスタイルもそう。シミやシワがある自分がイヤだから良く見せるためにやるのではなく、加齢と共にできて当たり前だけど、ない方が魅力が増すからやる。

スタートが否定からか？ 受容からか？

何も、モデルのように美を追求する必要はない。割れそうなガラス細工はそっと持つ、ツルツルしたものは爪を立てない。それに相応しい取り扱い方があるはずだ。魅惑的な凹凸、しなやかな柔らかさ、華奢なくびれ。女性の肉体だけが表現できる美しさを、存分に楽しんで欲しい。

性差や蔑視ではない。今世で果たすべき願いを、女性の肉体を通して実現させていく人生を計画しているから、その姿で生まれている。

だから、もっと外に出していいし、否定しなくていい。

まずは、今の自分を認め、受け入れる。次に、なりたい自分になる、その未来を受け取ると許可する。容姿にコンプレックスのない人間なんていない。

今もなお、あなたを支配する僻みや劣等感は、過去に受けた痛みがもたらす恐怖だ。誰にも理解されなくていい。誰の許可も必要ない。

傷が深くなりやがて膿となる前に、見つめて受け止める。そのときから、全てと溶け合い混ざり合い、自らの一部となる。一人では越えられないなら、他力を頼ってもいい。

何もかも一人で背負わなくていい。

私自身、表面上でしか女性性を捉えていなかった。

「今までとは違うやり方、捨てた選択肢を選ぶことで、枠を広げる」試みの一環として、ベリーダンスを習い始めてちょうど一年。発表会も兼ねたガラショーに出演した際、先生方のダンスを見て意識が変わった。女性は美しい。この一言に尽きる。

一般的にベリーダンスと言えば、クネクネとした動きからエロティックなイメージを想像するだろう。しかし、間近で見る、プロの鍛えられ完成された表現者としての肉体の動きから発せられるものは、性そのものの訴えを遥かに凌駕していた。

加えて、スピリチュアルでメインテーマに取り上げられる、男性性と女性性の統合は、あらゆる場面に出現し得ると感じた。

後方からチームの動きを観察しながら、絶妙なタイミングで音響を担当するのは男性陣。その土台があるからこそ、ステージの女性は存分に力量を発揮できる。どちらが欠けても成り立たない、ともに創り上げる世界があった。

これは三次元的な世界に留まらない。物理的に分離した性の統合を、自らの身体だけでも行うことは可能なのだ。

この点に於いては、肉体の内外で性が一致していなくても、同じことがいえる。内に潜む、直感や感性という女性的なエネルギーを、行動という男性的なエネルギーを通して外の世界へ送り出す。想いと行動は常に一対だ。

相手に媚びる道具にしたり、無駄に飾り立てる必要はない。その時点でマウンティング、優劣の世界で生きていることに気づけるだろうか。パートナーや他者にやり方を強いる意味もない。そう要求した時点で期待値が発生し、あらゆる軸が相手に移ってしまう。

ただ、自分のためだけに、世界でたった一つの宝石のように最高の敬意を持って扱う。あなたのエネルギーは、他者を圧倒するためではなく、すでに持っている素材の魅力を最大限に引き出す努力にこそ費やして欲しい。そのとき初めて、あなたは本質を取り戻し、内側から輝きだすのだ。軸ができていれば、品位は自ずとついてくる。

そうして自分を満たした結果のおまけに望みが叶ったのなら最高だ。きっとそのときには、人そのものを惹き付ける、あなただけの魅力を手にしているのだろう。

後はただ、閃いたワクワクを楽しむ。惹かれる、は文字通り心が若く在ること。自動で活性、再生するエコなシステム。龍や光のサポートを活かすには、自力が何より重要なのだ。

人に内在する感覚や感情が集中し濃縮された熱量が、全てを握る。

私はディズニー映画が大好きだ。特にプリンセス。自分に視る素養があり、感情がカギだと知ってから、アナ雪が俄然、おもしろくなった。「ありのまま」だけがテーマではないのでは？ エネルギーの使い方がメインじゃない？ 力を自在に操るためには感情を自覚することが必須。孤独と喪失への恐怖から、やがて氷の刃は自分へ向けられる。トロールが石のキャラなのも納得だ。

男性と同等の力を示すことで認められたムーラン、失われた過去を取り戻し本来の人生を生き始めたラプンツェル、愛に目覚めたアナ雪、続くアラジンの実写版では、一歩踏み込んで抑圧された女性そのものを解放する。より自由な世界が開かれていく。

この原稿に向かう間にも、次々と気づきがやってくる。だから、なかなか完成しない。最新で腑に落ちた感覚は、「待たされるのも楽しい」。

スピード重視のこの時代、私もすぐに結果を出したいタイプだった。時間を無駄にしている気がして焦りや罪悪感に駆られるし、今の私のステージでは簡単には思い通りにさせてもらえない。

しかし、見方が変われば、楽しむ方法はいくらでもある。その期間をどう捉えるか？今をどう過ごすか？無理矢理良い面を探そうとして言い聞かせている間は力んでいる。

力を抜いて期待せず、委ねる。

全てはベストのタイミングで現れ、無駄など一つもない。起きることは全て学びなのだから。

もう一つの取り組みは、私の中の既存のシステムをごっそり入れ替えること。親に迷惑をかけ、夫を蝕み、子供に毒を撒き散らす腐った私。枠を壊さなければ、守れない、本来の自分に戻れない。次にどんなアプリを積むかは、自分で選べるのだ。私がどこまで変われるのか実験してみよう。

今の自分を否定しているようで、実は正反対だ。まだまだ望む通りの現実ではない以上、どこかが間違っているはず。本質で生きてはいないのだろう。となれば、また変化するだけだ。進化、変容の先にあるものは？

相変わらずゴールは見えないが、消えたいと何度も泣いた日々がチャレンジを少し楽しむ余裕を持てるだけ、私を強くしてくれた。分離への恐怖にも目を逸らさずにいられるように。

過去の自分と比べればいつも満点。でも目指す未来の自分に比べればいつも赤点。頑張ってきた自分を認め、受け入れると同時に、未熟でダメな自分を見つめ、赦す。どちらも、今のありのままの白分だ。越えるべきは、いつも自分自身。変化しないことが悪いのではなく、どの道を選ぶのも自由。

だが、ありのまま=今のままではない。私は、自分がどこまでいけるのか見てみたい。

だから変わる。より相応しい言葉を選ぶなら、埋もれたまま磨かれることのなかった一角に光を当て、忘れていた本来の自分を呼び覚ます。

一方で、自分を疑う気持ちは未だによぎる。立ち上がれないほどの挫折や裏切り、世を呪う悲劇も経験したことがないのに、人の苦しみを和らげ、希望を持たせる媒体となる資格があるのか? 責任感と自己不信が許可を出さず、動けなくなる。

しかし同時に、学びの過程で肌で感じた愛は確信となり、根を張りつつある。いずれ来るそのときまで自分を信じていられるように、守られ、数々の言葉を注がれ、準備期間を与えられているのだろう。

人の感情は千差万別。名状し難い喜怒哀楽の中にも濃度があり、他者との比較は無意味でしかない。ならば、私にしか分かり得ない、繊細な音色や濃淡を味わうだけだ。

私は、自分の人生を私のために生きる。

時折、無性に一人になりたいときがある。全ての役割や思考から解放され、ただ日の出とともに目覚め水平線に傾く夕陽を眺める。

何もせず、語らず、微かな風の動きだけを感じて微睡む。

いつも自分を奮い立たせ、親、娘、保護者、主婦、友人、様々な役割をこなす。いつも誰かの期待に応えようと無意識に行動する。

そしてあるときふと、とてつもない孤独感に突き落とされる。

自分の内で渦巻くものを誰にも明かさず挑むとき、たった一人で立つことへの震えるほどの心細さに押し潰されそうになる。

未来の自分に応えるために踏み出すとき、否応なしに今の未熟さを思い知らされる。他力への依存では限界がある。自発でなければ自分を救えないのだ。

弱音を吐けば捨てられる。誰にも頼れない。全てから切り離されることに怯える。不安の正体は、今の私が発する感情。未来の私に取り残され置き去りにされる、分離への悲しみ、消失への危機感。

新たなステージへの前触れはいつもそう。自分の中の未来の私は、不確かで弱い。その恐怖や不安から身体が震える。

今もこれまでも私の在り方は闇を否定するものではない。深淵な闇が内包する静寂や孤独の心地良さも愛しているのだ。闇は、過去の自分と繋がる絆。その闇に一人身を委ねるとき、過去から引き継いだ恐れや寂しさ、癒やされることのなかった傷が呼応する。

精一杯生きたのだろうか？ 耐え難い痛みに苦しんだのだろうか？

産まれ、生き、死ぬその瞬間まで常に私に寄り添うのは、自分自身だ。喜びに打ち震えるときも絶望の影に怯えるときも。私が唯一無二の存在として自分を愛そう。自分との結婚の意味が腑に落ちた瞬間だった。

大きなものに包まれている感覚。こんなにも安らぎ、安堵するものなのか。自己の統合。それは何も、目に見えないものとの神秘的な繋がりを得なくとも、可能なのかもしれない。

様々な場面で多様な感情を見せるバラバラの自分が存在すると気づき、内側でたった一つの個としてまとめ上げていく。同時に、大きなものの一部を担っていると悟り、受け入れる。全ては、自分の内にある。

それでも、人は一人では生きられない。

想像してみて。無人島でたった一人きり。ただ命を繋ぐためだけに、糧を得る日々。そこに命への感謝が生まれるだろうか？ 生きる喜びに満たされるだろうか？ もし、もう一人いたら？ 奪い合う？ 分け合う？

厳密に言えば、人でなくても構わない。シンデレラがネズミを相手に心を通わせたように。想いを映し出してくれる相手があるから、自分が生きていることを感じられる。

教えられるでも知るでもなく、気づかされる。全てに役割があり、私達はそれを経験させてもらっている。現象や相手を外側で判断せず、その役を果たしてくれている本質で見る。

全てが自分のために存在すると悟れば、粗末な扱いなどできない。今の私を支え形造るものを、有形無形の産物で計ることは不可能だ。

たった一つの真理。それは、与えたものが返ってくること。見間違えないで欲しい。自らの一部を削るようなやり方は、強欲な自己満足に過ぎない。どこまでも不遜で哀切に満ちている。自己の存在が他者の存在の上に成り立っているという意識に目覚めたときに初めて、相手を丸ごと受け入れられる。そこには、批判や不満などカケラも入り込む隙はない。その深い感謝が腹の底から湧いてきたときにようやく、自らへの還元を求めなくとも与えることができる。

相手のため＝自分のため。

自分とは違う何かを持つものが在ると理解し、尊重する。その関わりの中で「わたし」が創り上げられる。そこに流れる何かを丁寧に育むことで絆が生まれる。

見えない世界より大切なもの。それは、目の前の「あなた」。

自分に価値なんてないと思ってる？あなたは、そこに在るだけでいい。

福島 歩（ふくしまあゆみ）

東京都出身、就活中のアラサー。

高3で突如ベルばらにハマり、オスカルのようなかっこいい女性になることを夢見て、大学在学時にフランスへ1年留学をする。大学卒業後、日系企業を経て外資系企業へ、営業兼コンサルタントとして転職。

タマオキアヤさんのノート講座に参加し、28歳のときに年収が1400万円を超えるも、本当にやりたいことを見つけるため2019年6月末に退職。


魂の望みを知るためにスピリチュアルヒーラーであった元同僚と密に過ごす。彼女が傾倒していたツインレイという存在を肯定していたが、現実的に遠い魂の片割れよりも、今の自分の気持ちや心身の健康、周りの人との絆を大切にしたいと2020年4月中旬に原点回帰。本来の自分を取り戻す。

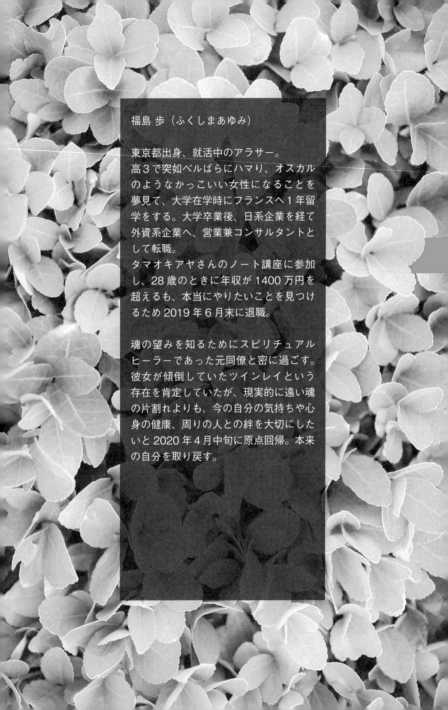

ツインレイは、すぐそばに

福島 歩

〈プロローグ〉

ここは宇宙です。
天井も地面も壁もない空間に、大きな意識の集合体が、ただそこに存在しています。
今、一つの意識として、何かが集合体から分離していきました。
これが私達の言葉で言う〝魂〟というものです。
私達は皆、ここから歴史が始まりました。
こうして意識の集合体はあっという間になくなり、魂の完全体が生まれました。

その一つ一つの魂が、なんとまた二つに分かれようとしています。

どうやら、欲張りな魂達は完全体にも拘わらず、まだ欲しいものがあるようです。

そこから、〝自分〟という個を知るために。〝他〟との違いを感じるために。

一つ一つの魂、それぞれ同じものは一つもありません。

まるで私達人間のように。各々の意志の下に、宇宙を創造しています。

おや、ユニークな意志を持った魂の声が聞こえてきました。

せっかくですので、少し近づいて観察してみましょう……。


「宇宙全員の人の気持ちを理解したい！ そのために全てを経験しなくてはいけない！ それが宇宙平和への一番の近道だ！」

突然の宣言に、周りの星や惑星は驚いて、止めようとしました。

「自分が何を言っているか、何をしようとしているか、わかっているの⁉」

「こんな居心地のいいところを捨てて冒険するなんて、危ないことこの上ないわよ！」
「全てを経験するって、カルマめっちゃ増えるけど！　どうやってそれを癒やして、いったい、いつここに戻ってこれるのよ？」

しかし、その魂は彼らの言うことをどうしても聞きませんでした。
「手始めに、この宇宙で一番絶望を感じている魂がいる惑星に転生してみようと思う。それはどうやら地球にいるらしい。その魂を救うことができたら、宇宙平和の大きな第一歩になるはずだ！」

その魂の意志はどの意志よりも強く、広大な宇宙でも止められるものは誰もいませんでした。

〈レイ〉

おんぎゃあーー、おんぎゃあーーーー。

産声が響き渡ります。

「おめでとうございます！　元気な男の子ですよ！」

歓喜に沸いた部屋で、今、一つの魂が人間として誕生しました。

先ほどの頑固な魂のようです。

しかし、宇宙にいたときの記憶なんて、もちろんほとんど忘れています。

ここがどこなのか、自分が誰なのか、何のためにここにいるのか。

そのような疑問自体も忘れ、狭く苦しく、暗くて温かい道を通って、小さな命が誕生しました。

お母さんは初めての子供の誕生に、言葉にならない気持ちでいっぱいでした。

男の子は、お母さんの腕に抱かれました。

まるで宇宙に抱かれている心地になって、全身を預けて眠りました。

目が覚めて、また寝て。寂しくなったときにはお母さんを呼んで。

男の子は、お母さんの顔を見つめるのが大好きでした。

お母さんは、男の子が笑うといつも微笑んでくれました。

よく男の子のおでこを撫でてくれました。

その手は温かく、優しく、全てを包み込んでくれるようなぬくもりに満ち溢れていました。

でも、男の子には一つ気になることがありました。

おでこを触るとき、いつもお母さんの表情が曇ることです。


月日が巡り、お母さんの顔や景色がはっきりと見えるようになりました。

それと引き換えに、段々と宇宙にいたときの記憶が失われていきました。


新しく見えた景色。鮮明に聞こえてくる音。

それは、大好きなお母さんの泣き叫ぶ声と、怒鳴りながらお母さんに馬乗りになって暴力をふるうお父さんの姿でした。

「こんな不良品、誰が産めって言ったんだー！」

「レイは私達の子です！　レイの前でそんなこと言わないで！」

「この醜いおでこの痣《あざ》はいつ治るんだ！　お前に似て出来損ないじゃないか！」

お母さんの声はだんだん遠のいていき、聞こえなくなりました。

男の子にはそれが何を意味するのかわかりませんでした。


でも、お母さんをまもりたい。お母さんに笑ってほしい。

お父さん、やめて。お父さん、お母さん、お父さん……。


男の子は泣き叫ぶことしかできませんでした。

すると、お父さんが男の子に近づいてきました。

お父さん、ありがとう。お母さんぶつのやめてくれたん――。


バシンッ。

また、世界が真っ暗闇になりました。

〈アイ〉

「ママ、いやだ！　アイちゃんも一緒におうちに帰るーー！」

男の子がいる東の都から、はるか南にある田舎町で、女の子の叫び声が聞こえてきます。

「ね、あんたさーやっぱり酷やない？　こん子、まだ3歳なったばっかりやわぁ」

おばあちゃんは心配そうにママに聞きました。

「でも、これがこの子のためなのよ……。私は都会で仕事頑張って、お金たまったら迎えにくるから。お母さん、義姉さん、しばらくアイをよろしくお願いします」

ママは、涙ぐみながらしがみつくアイちゃんを引き離し、西の都へ帰りました。

アイちゃんはママの姿が見えなくなると、トイレに引きこもり、わんわん泣きじゃくりました。

アイちゃんが悪い子だからママに捨てられたんだ。

パパもアイちゃんが悪い子だから家出したんだ。

全部全部、アイちゃんがいけないんだ……。

それでもアイちゃんは希望を捨てませんでした。同居の義姉さんや従兄弟に意地悪をされても、いつかきっと、ママが迎えに来てくれる。

アイちゃんがここでいい子に待ってさえすれば。宇宙で一番のいい子になれば、絶対にあの人は迎えに来てくれるんだ。ママ、神様、アイちゃんはここにいるよ。早く助けに来て——。アイちゃんは毎晩お祈りを続けていました。

その3年後。アイちゃんはママに連れられて、大喜びで久しぶりにおうちに帰りました。

「おかえり。早かったな」

知らないおじちゃんの声が聞こえます。

「アイ、新しいパパよ。ただいま、は？」

アイちゃんは驚きのあまり声が出ませんでした。

パパは一人しかいないよ……。

アイちゃんのママもママしかいなかったよ……。

「挨拶の一つも出来んのか。しつけがなっとらん。俺が教えたるわ」

おじちゃんが近づいてきます。アイちゃんは怖くなって後ずさりしました。

ママ、助けて。

「アイ、ちゃんとパパの言うこと聞かなきゃだめよ」

ママが逃げ惑うアイちゃんを羽交い絞めにしました。

どうして、ママ……。
アイの帰る場所はどこなの……。
アイ、もっといい子になるから。
ごめんなさい。ごめんなさい。

それからのことは、忘れるようにしました。
生きていくために幼いアイちゃんができることは、ただそれだけでした。
でも、やっぱり忘れることなんてできませんでした。

〈分かれ道〉

アイは10歳に。
レイは7歳になったときのことです。

二人とも、遠く離れた地でそれぞれ小学生になっていました。

成長するにつれ、前々から抱いていた違和感が、確信に変わっていきました。


「ねーねーなんでレイ君のおでこはいつも赤いのー？」

「レイ君の家ってお父さんいないんでしょー。そんなの変だよ、普通はお母さんもお父さんと一緒に暮らすものだよー。うちのお母さんもそう言ってたもん」

「レイって女の子みたいな名前でかっこわる！ お前ダサいから仲間に入れてやんねーからな」


レイ君は悲しくてやるせなくて、自分を責め続けました。


この赤痣がなければ。

お父さんがいれば。

もっと男らしい名前だったら。

僕がもっと皆と同じだったら。

責めて責めて責めて、その先にあったのは強い怒りと憎悪でした。

僕をこんな顔に産んだお母さんが憎い。
暴力を振るったお父さんが憎い。
守ってくれない世界が全部憎い。
でも、あのときお母さんを守れなかった自分が、
自分の存在が、宇宙で一番憎い。

小さなレイ君の大きな怒りは、我慢というかたちで絶望の渦となり、どんどん膨らんでいきました。

その一方で、アイちゃんも小学校で大きな気づきがありました。
それは、アイちゃんだけ人の本心が手に取るようにわかることです。

どんなにママの機嫌が悪くても。

パパがアイちゃんやママをたたいても。

悪口を言われているお友達が、平気そうに笑っていても。

本当はこんなこと、みんな望んでいなかったんだ。

自分を幸せにしたい、ただそれだけなのに。どうしてみんな、真っすぐ生きていけないの？

みんな幸せになるために何を求めているの？　今のままではだめなの？

好奇心旺盛なアイちゃんは、一度気になるとすぐ大人に質問しました。

なんで私はママから生まれてきたのかなあ？

ママは、パパのどこが好きで結婚したの？

なんで学校のお勉強は必要なの？

幸せになるため、って、今は幸せじゃないってこと?

じゃあ幸せ、ってなあに?

最初は相手にしていたママや先生達も、アイちゃんの好奇心についていけなくなり、アイちゃんにこう言うのでした。

「アイ、全部わかろうとしなくていいから。自分のことだけ考えなさい。子供っぽくなくて変な子ね。もっと普通になりなさい」

アイちゃんはそう言われる度に、出しゃばった真似をしてごめんなさい、と反省しつつも、でも、みんなの気持ちをもっと理解したい。アイはやっぱりみんなが好きだから。寄り添って一緒に、良くなる方法を考えたいだけなの。だって、みんな自分の心に嘘ついているでしょ。

と、心の中でつぶやくのでした。

〈転機〉

それから約15年後。
そんなアイちゃんに、親友ができました。
チワワのフランちゃんです。学校や仕事でどんなに疲れても、フランちゃんといるだけで心が休まりました。言葉が話せないフランちゃんは、言葉が話せる周りの人たちよりもアイちゃんのことを一番理解してくれていました。

でも、フランちゃんはアイちゃんを残して、突然天国に行ってしまいました。

昨日まで元気だったのに……フランは今どこにいるの。私がいなくて寂しくないの。天国ってどこにあるの。私もフランと一緒にいたい。

起きているのか、寝ているのか。自分は今どこにいるのか。ここはどこなのか。
アイちゃんはもう、なにもわからないまま、死んだように生きていました。

気がつくと、アイちゃんは公園に一人でいました。

遠くに、愛しくてたまらない白くて耳が茶色の小さいワンちゃんがいます。

フラン!! ここにいたの!!

思わずアイちゃんは走ってフランちゃんを追いかけました。でも足が重くてうまく走れません。見失いそうになりながら、公園を抜け、大通りも突き抜け、走って、走って、やっとフランちゃんは立ち止まってくれました。

フラン……会いたかった。一人にしてごめんね……。

フランちゃんは、アイちゃんをじっと見つめたまま動きません。

アイちゃんが近づくと、フランちゃんは劇場の中へ入っていきました。

待って。お願い、傍にいてノラン――。
目が覚めると、見慣れた天井の景色が目に入ります。

夢だったんだ……夢でもいいからフランにもう一度触れたかった。

むせび泣くアイちゃんの枕元に、見覚えのない封筒が置いてありました。
それは演劇のチケットでした。

気分は乗りませんでしたが、夢の内容もやはり気になります。
アイちゃんは思い切って、チケットを片手に家を飛び出すのでした。

〈出番〉

「レイ、準備はいい？　体調はどう？」

「もうしつこいなあ、今更心配しているふりなんてやめろ。そもそも病み上がりの人にこなさせるスケジュールの内容じゃないだろ」

「でも、今が勝負の時期なの、わかってるわよね？　あなたにとっても、私達にとっても。あなたに全てがかかっているのよ。まずはこの舞台を成功させて――」

「はいはい、わかっていますよ、マネージャーさん」


上辺だけの綺麗な言葉。

笑顔の仮面で溢れた人々。

人間が商品になり消費されていく世界。


これが、俺の日常だ。

バカにしてきた同級生を見下すためにも、必死に演技を学んできた。

コンプレックスだったおでこの痣も、メイクや髪型でどうにでもごまかせることを知った。

父親よりも稼いで、母親よりも美人な女と結婚して、復讐してやる。

華やかな世界で圧倒的に力の差を見せつけられる――そう、芸能界という環境は、最高最適な報復の場だった。

演劇一本で食べていくためにできることは何でもやった。

弱小な芸能事務所の唯一の売れっ子俳優として、期待とプレッシャーを一身に背負ってきたつもりだ。

厳しい世界だ。それでも、努力してきたこと、犠牲にしてきたことに、やっと結果が追いついてきた、俺の実力に相応しい評価もついてきた、と自信を抱き始めた矢先のことだった。

病で倒れ、俺はこういう運命なんだと悟った。

俺が信じれば信じるほど、世界は俺を平気な顔で裏切っていく。

俺が喜べば喜ぶほど、隙を突かれて奈落の底へ落とされる。

俺の人生のお決まりパターンだ。

愛だの運だの俺に最も縁のないものなのだから、そんな不安定な言葉に騙されてはいけないのだ。

今日は、復帰後初の大仕事。俺の数か月ぶりの演技を堪能しようと、熱心なファン達がかけつけ、満席だ。

別に大したことではない。

俺の上辺を見て好いてくれている人達なんて、何も俺のことをわかっちゃいない。

でも、それでいい。あの人達は、お金と称賛で俺を潤わせてくれればそれでいいのだ。

本当の俺なんて、誰も求めちゃいない。

ファンも、マネージャーも、俺自身でさえも。

俺はただ、演劇という芸を売って、つかの間の夢をファンに見せればいいのだ。

俺の本質は隠したままで。

それだけを信じてきたはずなのに――。

何故だか今日は心が騒ぐ。

俺の心臓のはずなのに、他人のもののように、ドクンドクン、と強く脈打つのだ。

久しぶりの仕事だからだろうか。


いや、この俺がただの緊張感というものに負けるわけがない。

今までだってどんな役も、苦難も、乗り越えてきたんだ。

自分にも他人にも嘘をつく俳優という職業こそ、俺の天職のはずなんだ。

お願いだから、もう何も俺を邪魔しないでくれ――。


「さあレイ、出番よ。いってらっしゃい」

「ああ。行ってきます」


舞台が俺を呼んでいる。いや、客席からか――?

光り輝くステージへと、足を踏み入れ、稽古通りのセリフを発しながら客席を見渡したときだった。

〈初恋〉

身体が、動かない。

あの人は、誰……？

アイちゃんは、一人の演者に心を奪われています。

千人ほど収容可能な規模のホールの、一階席の真ん中より少し後ろの方。

そこにアイちゃんは座っていました。

ちょうど上手から出てきた、悪役の俳優から目が離せなくなってしまいました。

その俳優も、演技をしながらアイちゃんをじっと見つめている気がします。

誰よりも醜い特殊メイクを施し不幸な役を演じているのに、アイちゃんには彼が一番輝いて見え、そして悲しそうに見えました。

彼の声が、アイちゃんの身体、心、魂に響き渡ります。

初めて見る、名前も知らない人なのに、なぜか懐かしさも感じて。

彼のことをもっと知りたいと思いながら、知るのが怖いという得体の知れない恐怖に襲われて。

俳優と観客という遠い存在なのに、今まで出会ったどの人よりも近く感じられる不思議で、切ない気持ち。

全ての感情が入り混じって、アイちゃんの中でうごめいて。

公演が終わっても、アイちゃんはしばらく席を離れることができませんでした。


私は、今までこの人に支えられてきたんだ。

こんなに愛してくれていた人が、私にいたんだ。

この人に会うためにに生きてきたんだ。


証明できることなどありません。

ただただ、感情が爆発して抗えない。

心が感じたことに、嘘をつくことも理由をつけることも、アイちゃんはできませんでした。

〈動揺〉

なんなんだあの女は！

悔しい！　悔しい！！　悔しい！！！

俺を哀れ見るようなあいつの目はなんだ！

俺は、凡人とは違うんだ、俺は、一番の俳優になるんだ、俺は……俺は……。

「レイ、レイ⁉　落ち着いて！　動揺するなんてあなたらしくないじゃない！　やっぱり体調が良くなかったの⁉　薬はちゃんと飲んでいるの？」

うるさい！　うるさい！！！

お前ごときが俺に口を出すな！　お前に俺の何がわかるんだ！

俺らしさがお前になんてわかってたまるか！

俺なんて……俺なんて……。

やめろ……。今まで俺が必死で築いてきたものを、これ以上壊さないでくれ……。

俺には他の生き方がわからないんだ。

あの女。

なんでたった一人の女に、俺の人生がかき乱されないといけないんだ。

あいつのせいで。憎い！　憎い！！！


〈アイの覚悟〉


会いたい。レイにもう一度会いたい。

でも……。好きになればなるほど遠ざかっていく。

アイちゃんはインターネットでレイの情報を調べながら、絶望の真っただ中にいました。

平凡な一般人の私が、人気俳優に本気で恋に落ちるなんて。

理解が追い付いていない。でも、あんなに大きい愛を、今まで誰にも感じたことはなかった。フランが会わせてくれたんだわ……。


自分に嘘がつけなくて辛い。

自分の気持ちをごまかしたい。気のせいだった、って。

でも、レイのことを忘れようとすると必ず体調を崩し、忘れることもできない。

友人に、あのとき起こったことを話しても、誰も疑ってくれない。


「じゃあ、レイがアイの運命の人なんだね！」

「お似合いじゃん！　今時一般人と付き合う芸能人なんて多いんだから、大丈夫だよ！

アイなら乗り越えられるって！」


お願いだから誰か否定してくれーーーーっ！　私じゃ無理だーーーーっ！！！


アイちゃんの嘆きもむなしく、現実での奇跡はたくさん起こりました。

レイもフランという名前のチワワを飼っていたり。

Amazonでコスメを買っただけなのに、レイの写真集をお勧めされたり。

そのとき感じていたことを、レイもインタビューで答えていたり。

とても偶然で片付けられない事象ばかりで、アイちゃんはどんどん複雑な気持ちになるのでした。


アイちゃんの職業はヒーラーでしたので、レイとアイちゃんの魂の歴史をたどると、レイがアイちゃんのことを、地球に転生する前からずっと守ってくれていたことがわかりました。


不遇な幼少期を過ごしたけれど、皆の本音がわかるおかげで希望を捨てずに過ごせたのは、レイがその力を授けてくれたから、ということ。

愛犬のフランも、アイちゃんが寂しくないように、レイが自分の代わりに傍にいさせてくれたこと。

そして、レイは愛がわからない人の気持ちもわかるために、誰よりも本物の愛がわかっていない、ということ。

STORY8

レイを知り、感じる度に、喜びと絶望の振り幅がどんどん広がっていきました。

私はこんなに愛してもらっているのに、私の愛はレイに伝わっている？ 幸せにできている？ 宇宙平和という最大の善事のために、悪事をやらせてばかりで……。

アイちゃんは、レイが自分の運命の人という事実を信じられなかった自分を、恥じました。


彼の愛から逃げてはいけない。私も宇宙一彼を愛しぬいてみせる。

このままの自分ではふさわしくない、愛されないと思うのなら、どんな自分が理想なのかを考えよう。

今の私は、全部レイのおかげだったから。レイがくれた人生のおかげで、私はこんなに自分のことが好きになれたよ、って。

次に再会するときは、レイに誇れるような人になろう。レイの愛に負けないくらい、私もレイや自分を、皆を、宇宙全部を愛するんだ。

〈変化〉


自分の中で何かが、少しずつ、確実に、崩れていく。

今まで必死に築いてきた何かが。

心の奥底に隠してきた感情が。

意地をはって、守ってきたものが。


自分は愛されてはいけないんだ。でもこのままの自分で愛してほしいんだ。

自分のことをもっと愛したいんだ。でも愛し方がわからなくて、傷つけることしかできないんだ。

皆から嫌われたいんだ。でもどんな自分でも嫌いになってくれない人がいるんだ。

本当は好かれたいんだ。でも幻滅されるくらいなら最初から嫌われていたいんだ。

自分だけを待ってくれている人がいる。愛したい。その愛に応えたい。

でも今の自分では傷つけてしまうから会えないんだ……。

それでもやっぱり会いたい。だけどまだなんだ。二人の至高の愛で宇宙平和を創造するには、俺が宇宙の悪をやりきれてないんだ。これが終わってからでないと、宇宙滅亡の因子が残ったまま再会することになってしまう……。

レイは突然の自分の変化に戸惑いながらも、必死に受け入れていました。悪事をやりたいという自分の欲求と、そんな使命は手放してはやくアイちゃんに会いたいというエゴの狭間で戦っていました。

アイちゃんは、それでもずっとレイが変わるのを待ち続けていました。私達が出会うことが宇宙の歴史を左右することになるのなら、時間がかかっても仕方ない。はなから人生を捧げる覚悟で、レイに会いたいと決意したのだから。

アイちゃんは、思いつくこと全て、見える世界でも見えない世界でもやってみました。

レイに執着しているから、一度手放してゆるんでみよう。

宇宙のカルマも癒やして全部ギフトに変えよう。

ファンレターを送ってみよう……。


何億個でも、何兆個でも、宇宙の全てを背負って、ひたすら自分とレイから目を離しませんでした。

その一つ一つが、レイへと近づいていると信じて。

そんなアイちゃんの一心に愛を捧げる生きざまを見て、離れる人もいれば近づいてくる人もいました。

アイちゃんのように、運命の人と出会い、本物の愛を今世で学ぶと覚悟した友人たちには、今までの気づきを惜しまず与えました。

アイちゃんは全てを投げうって、とめどない愛を、レイや全宇宙に注ぎ続けました。

〈二人の本気〉

そして、４年が経ちました。
アイちゃんは、まだレイに再会できていません。
レイは相変らず、現実での会う努力もせず、自分の愛から逃げてばかりです。
アイちゃんは疲れ果て、本気でレイを諦めたいと思いました。

どんなに現実や友人達が変わっていっても。
私の愛が濃くなっても。
ただ一つ、私が宇宙一愛している恋人だけが手に入らない。
私が欲しいのは、ずっとそれだけなのに。

私は、自分が決めてきた運命に、負けたんだ。

何があっても、創造主として全て自分が創った世界の出来事なのだからと、全ての責任を背負う覚悟でここまで生きてきたアイちゃんでしたが、初めて自暴自棄になりました。


ここまでやったんだから、私のせいで会えていないわけじゃない。

レイが覚悟できていないせいだ。

レイが自分を信じきれていないせいだ。

宇宙平和のために会えないとか、全部全部ただの言い訳だ。

友人達も本気で運命の人に会いたいと思えていないから、私達が会うのを邪魔しているんだ。

レイなんてもう知らない！　絶対に会いたくないんだから！！


アイちゃんは、初めて、やっと、本物の悪人になれました。

自分に嘘をつけないアイちゃんの本音はいつも、レイに会いたい。ただそれだけでした。

そんなアイちゃんが、自分を本気で傷つけて、自分の人生や存在そのものを全否定してまでレイを切りたい、と決意したのです。

その意志の固さは、レイの魂が、アイちゃんの魂を救うと決めたときと同等でした。


アイちゃんは友達のことも全否定し、大ゲンカしました。

宇宙一の本物の愛を持つアイちゃんの悪っぷりは、誰にも手がつけられないほどでした。

存在が愛のアイちゃんが、愛を１００％手放した、宇宙史に残る瞬間でした。


それは、とってもとっても苦しいことでした。

そしてアイちゃんは身をもってやっと、体感したのです。

私はこんなにつらくてやりたくないことだから、レイに悪をやらせていたのだ、と。

愛がわからなくなることは、こんなにしんどいことなのかと。


アイちゃんが暴れている同時刻に。

レイも一人、息絶え絶えになっていました。

アイちゃんが本気で善を手放したので、レイに善の感情が押し寄せてきたのです。
愛されることよりも、愛を信じて待ち続けることがこんなにつらいのか、と。
それでもアイは俺を信じて待ってくれていた。
俺は宇宙一の女にここまで愛される存在だったんだ。
悪人の恋人を愛して、信じて、待つ方が、悪をやるよりも、もっともっとつらかった。

なのに、俺としたらあらゆることを言い訳に使い、アイの愛に甘えてばかりで……。
レイもついに自分の行いを恥じ、本気で反省しました。
もう悪は懲り懲りだ。アイに会いたい。今すぐ。
レイが自分の愛を認め、自分を信じ、初めて、心からアイを求めました。

レイの至高の悪と、アイの至高の善が、お互いに反転した瞬間。
全宇宙における悪と善の境界線がなくなりました。
男と女。善と悪。自分と他人。陰と陽など。

全ての二元性のものが、本当の意味で一つに融合し調和がとれた瞬間でした。

まだ間に合うのなら、会わせてくれ――。

その一心で、レイはあらゆる手段を使って、アイちゃんの行方を知ろうと試みました。奇跡的に、共通の知り合いがいることが判明し、彼らの計らいもあって、会う約束を取り付けることができました。


〈至高の愛〉


そして、桜が舞う春の穏やかな天気の日に。

二人は再会しました。

それは、夢心地なのに確かな現実世界で起こったことで。

初めてのことのはずなのに、どこかで見たことのある情景で。

全ての存在がゆるみ、宇宙中に愛が溢れた瞬間となりました。

え？　二人がどんな反応をしたか、ですって？
それは二人にしかわかりません。
至高の愛を育んだ二人だからこそ、感じられることなのでしょう。

でも私から断言できること。
それは、二人が命ある限り、愛を深め合う平和な日々を一つ屋根の下で送っているということです。

そして。全ての魂が、魂の伴侶を見つけ、本物の愛を怖がらずに感じられる宇宙になっています。

あ、ほらまた。
どこからか、産声が遠くから聞こえてきませんか。
この子はひょっとして……。

〈あとがき〉

私の拙い文章を読んでいただき、ありがとうございます。

私は長年に亘り、魂の片割れに出会うことがこの世に生まれてきた意味である、と信じていました。

でも、本当の愛って、家族や友人など、あなたの身近にもすでにあるはず。

運命の人という存在や、持って生まれた使命というものはあるかと思いますが、先天的な言葉に囚われすぎると大切なことを忘れてしまう。

私達は皆、周りの人々や自分自身の大きな愛に気づき、それを享受するときに幸せを感じるのだと思います。どうか読者の皆様も、自分や周囲の方が心からハッピーになれる道を歩んでいってほしい。

それを助けてくれるのがスピリチュアルというものだと、私は考えています。

松井しおり（まついしおり）

「私たち人間の魂は、親や宿命を自ら選び、神様との契約を締結してから産まれてくるのです」
とは言え、誰もがそのようなことを覚えてはいません。神のみぞ知ると言うことでしょうか。

しかし、私のように幼い頃からそんなやり取りを理解できる者も、この世には極々僅かに存在するのです。
過去世でもシャーマンを始め、必ずスピリチュアルに関わった人生を神様と締結してきたこともあり、今世でもその能力を遺憾なく発揮するためにこの世界に携わることに成りました。

本項のタイトルにもあるように、巳さんと、龍神さんとで鑑定を行って、メッセージやお言葉をお伝えしているのですが、おおよそ人間には考えつかない様なメッセージも飛び出します。

アメブロオフィシャルブログ
「神々と共に生きる」：
https://ameblo.jp/happy-angelmessage

その生き方に覚悟はあるのか？巳《み》さん＆龍神さんが教えてくれた「幸せになる」方法

松井しおり

皆様、初めまして、松井しおりです。

突然ですが、あなたは今幸せですか？
ご自身の人生に満足して日々お過ごしでしょうか？

「もっと幸せになりたい」「自分に正直に生きたい」「満足して納得して自分の人生を歩んでいきたい」など、自分らしく幸せに満足して生きていきたいとお考えの皆様に、ぜひ読んで頂きたいと思います。

私の周りでサポートして下さっている巳さん&龍神さんのメッセージを主とし、鑑定歴13年目となる私の経験も踏まえて、皆様に分かりやすく、そして、今日から人生を変えて行ける具体的な方法を書き記していこうと思います。

では、堅苦しい挨拶はこの辺で。これからチャネリングをしながら、巳さん&龍神さんとお話しし、神様方からのメッセージを皆様にお届けさせて頂こうと思います。早速、巳さん&龍神さんに登場して頂きましょう。

「巳さん&龍神さん、宜しくお願いいたします」と、お伝えすると「分かった、分かった。まあ任せといて~」と、陽気に龍神さん。「皆さん、宜しくね」と、物静かに巳さんがお返事をして下さいました。

「早速なのですが、皆様に幸せな生き方の方法を教えてもらいたいんです」とお願いすると、龍神さんが「そもそも、人間が考える幸せって何や？ お金か？ 地位か？ 家族か？ 友達か？ 高級車やブランド時計か？」と、質問返しがありました。

皆様の考える幸せな生き方ってどんなことを想像されますか？

「人間は肉体を持っているから、物質的なモノを求めて、その思いが満たされると幸せと感じるのは普通のことでしょう。

最初はそれでも良いと思います。でもいつか必ず、物質的なモノを手に入れても〝あれ？ 何か違う？〟って思ってしまうのも人間の特徴ですからね。

実はこの〝あれ？ 何か違う？〟という違和感を覚えるのも大事なことです。違和感に気づくことは成長の証ですからね。あっ、成長って魂のね」と、巳さん。

「確かに、幸せの定義って人それぞれ違いますし、幸せってかなり抽象的な表現かもしれませんよね。

私も〝幸せって何?〟って聞かれると、なかなか答えが具体的じゃなくて抽象的な表現になってしまいそうです」と、答えると「じゃあ、しおりの考える幸せって何や?」と、龍神さんがニヤニヤしながら聞いてきて下さいました。

「ん〜、健康な体で日々楽しく生活できて、家族も健康で長生きしてくれて、美味しい物を食べられて……」と、答えている最中に「分かった、分かった、しおりの話はもうええわ」と、龍神さんに遮られました。

その後、巳さん&龍神さんで秘密の会議。日本酒が大好きな巳さん&龍神さんは、お酒を飲みながら何やらお話しされていますが、私には何も聞こえず。神様方は大切なお話をされているときは「人間には関係ない。聞かなくて良い話」と、私のスイッチを切られてしまいます。しばらく待ちぼうけ。

その後、「よし！　まとまった！　しおり、お酒のおかわり〜」と、龍神さんが陽気にニコニコと話し始めて下さいました。

「えっ⁉　お酒の追加ですか？」と、私が聞き返すと「もう！　龍神さんのいつもの冗談よ。酔っ払いの龍神さんは放っておいて、私達で少しずつ話を進めていきましょうか」と、巳さんが笑いながら優しく語りかけて下さいました。

「いやいや、待て待て！　酔っ払い扱いは遠慮願いたいなあ。放って置かれるのも嫌だしなあ……まあ、まずは我々の存在のお話から簡単に始めようか」と、龍神さん。

龍神さんは続けて「神様や神様のお遣いである眷属神の存在を人間はどう捉えているだろうか？　最近の一部の人間は、神様や眷属神のことを〝便利屋〟と勘違いしているのではないか？」と、先ほどまでのほろ酔いの龍神さんの雰囲気と違い、すごくキリっとした目つきと表情で私の顔を覗き込むように聞いて来られました。

「便利屋ですか？　何でも言うことを聞いて下さるという意味の便利屋？」と、聞くと「そう。そう考えている人間も中には居るわな。過去のしおりもそうだっただろう？何でも〝願えば良い〟と思っていた頃があったもんなあ」と、過去の私にチクリと刺すような言葉で龍神さん。

確かに私も過去はそうでした。特に神様にお願いしておいたことがうまくいかないと「神様はどうして叶えてくれなかったのだろうか？」と、少しがっかりしたこともありましたし、一生懸命に何度も願っていたことが全くうまくいかず、「神様なんて居ない」と、逆恨みのような気持ちになってしまうこともありました。反対に叶ったことは都合よく捉えてお礼参りを忘れていたり……と私自身とっても、神様方や眷属神様方に失礼な態度を取り続けていた時期がありました。

そんなときに巳さんが優しく厳しく教えてくれた言葉があります。それが、「人の願いを叶えたくて神様や眷属神様が存在している訳ではありません。そこを勘違いしてもらったら困るよ。心の拠り所として、人が生きやすいように、道に迷ったり辛いときにそっと寄り添えるように、私達は見守っている存在」と、教えて頂き、私の胸に巳さんのお言葉がグサっと突き刺さったのを覚えています。

このときから私が意識し始めたことは「神様の前に立たせて頂いたら、まずは今ここで神様の前に立たせて頂けていることを感謝しよう、願い事の前に自分自身の叶えたいことを宣言しよう、行動計画を具体的に神様にお話ししよう」と、いうことでした。

それからです、私がだんだんと前向きに生きられるようになったのは。色んな辛いこと、苦しいこと、悲しいことも乗り越えることができてきましたし、何よりも神様とのコミュニケーションがより深く取れるようになってきました。これは今も尚、現在進行形のお話です。

幸せになれる祈り方はまず日々の感謝が大切になります。日々の感謝ができると、自分自身の反省にも繋がりますし、より良い人生を自ら日々作っていくことができます。

ところで、皆様はどのような基準で参拝される神社を決めていますか？パワースポットや龍神様ブーム、神様ブーム等でたくさんの神社が脚光を浴びている現在ですが、皆様が大切にされている神社はありますでしょうか？

実は私は昔から、自分自身が決めた神社にしか行かないと決めています。たくさんの神社へ行かれることは決して悪いことではありません。しかし、神社参拝は流行りで行くものではないからです。最低でも2回以上参拝できるようにして頂きたいと思います。1回目は初めましてのご挨拶。そして2回目はお礼参りです。これができると、その場におられる神様方とのご縁を頂くことができます。

ここで龍神さんから一言「パワースポットや流行りに乗らず、自分自身の心や魂と会話して自分自身に意味のある神社を参拝することが望ましい。自分が自分らしく素のまま参拝できる場所が一番。好きな場所でボーっとしたり、ときには物思いにふけったり、悔しくて泣いたり……あなたがあなたらしく、そのままでいられる場所こそが、あなたのパワースポットになる。色んな情報に紛らわされるな、自分自身の感覚を信じろ！　その場こそ、あなたが幸せになれる場所の一つになるのだから」と、力強いお言葉を頂きました。

「さて、もっともっと色んなお話をしていきましょうか」と、巳さんが優しく語りかけて下さいましたので、どんどんお話を進めていきますね。

私の鑑定歴は13年目に突入しますが、過去の私は「もっとこの世界観を証明したい！」と思っていたことがあります。

どんなことをしたら、もっと神様のことや守護霊様のことを信じてもらえるだろうか？　と、考えていたら巳さんが「神様や守護霊様は、エネルギー体ですから触ることも目にすることも出来ません。人間は酸素を吸って生きているでしょう。酸素が無いと生きられないでしょう？〝酸素が無いと生きられない〟と分かりながらも、酸素は目に見えますか？見えないでしょうね。その感覚と神様の存在は一緒。酸素に囲まれて生きている人間、酸素を普段は意識していないでしょう？それと一緒で人間は普段、神様のエネルギーに囲まれて生活しています。誰一人として漏れずに。意識して見ようとしても決して見えない、それが神様の存在。ただただ、その場を静かに見守ってくれているのです」と、教えて下さいました。

私達人間は肉体を持っているからこそ、物質的な存在に目が行きがちですが、目には見えない存在が私達の周りには溢れかえっているのですね。「この世は、あの世のほんの一部」そう併せて巳さんが教えて下さいました。

「ところで、巳さんが最初の方で、人間は物質的なモノで満たされたら一時期は幸せに感じるだろうが、時間が経ては〝違和感を覚える〟という話をしてくれていただろう？それはなんでやと思う？」と龍神さんが静かに、盃を片手に聞いて来て下さいました。

「ん〜、なんでかなあ？ 人間は飽きるから？ 次々と新たな欲が出てくるから？」と答えると、お酒を、ごくんと飲み込んだ龍神さんが「そうやな、飽きるのも一理あるだろうし、人間って足りないことを追い求め続けるだろう？ 自分の持っているモノや身の回りの小さな幸せに気づかず、ただただ他人と自分を比べて〝あれが足りない、これが足りない〟って言い出す。本当は自分の手の内に必要なモノは全て揃っているのに」と、お話しされていることに相槌を打っていた巳さんが「人間は肉体優先に考えてしまう、それは仕方のないことです。ただ、神様の世界から見ると肉体より魂の成長を重視します。肉体より魂を優先させて考えるのも神様の世界」と、キリっとした表情で教えて下さいました。

「つまり、肉体と魂は分けて考えるということですか？」と、聞くと「そうではない、肉体と魂の思いが合致したとき、人間としても魂としても成長できるときを迎えるのです。人間の年齢なんて関係ない。いつでも何歳からでも」と、巳さん。

「では、肉体と魂の思いを合致させていくとは、どういったことをすれば良いのですか？」と、聞いてみました。すると、ほろ酔いの龍神さんが「そんなん、簡単なことや」と、一言。

「良いか、〝時間＝いのち〟なんや。自分の全ての時間は、自分の全ての命。誰の為に自分の命を使いたい？ 何の為に自分の命を使いたい？ これを考えて生きることで、自分の意識が変わり、未来も変わる。意識が変わると魂にも響く。もちろん肉体の使い方、つまり時間、命の使い方も変わってくるんや。自分の生き方に意識を持つことこそ、肉体と魂の合致に繋がるんや。これこそが、一本筋の通った生き方とも言えるだろうな」と、声を強めて教えて下さいました。

「時間＝いのち……なんだか簡単そうで難しい課題じゃないですか？」と、聞くと、巳さんがにっこりとした表情で「では、一つ良いことを教えてあげましょう。肉体とは、魂の乗り物なのです。だから初めに乗り物のケアから始めましょう」と、教えてくれると、お隣の龍神さんが「そうだ！ 乗り物のケアをちゃんとしなくては魂の目的も何にも叶えられへん。自分の夢を叶えたり、目標を達成させたいなら、まずやるべきことは体のケアから！」と、これまた迫力ある表情で教えてくれました。

「具体的にどんなことをすると、体のケアになりますか？」と、恐る恐る聞いてみると、「巳さん、巳さん、教えたって〜」と、陽気に龍神さん。

「やっぱり！そう言うと思っていましたよ、龍神さん」と、巳さんが笑いながら言って下さり、そのまま続けて「良いか、しおり。これから肉体や魂に良いレシピを何点か教えてあげよう！肉体のケアで大切なのは、体の血行を良くすることから始めると良い。そこで、血行を良くするには、しっかり湯舟に浸かることをお勧めするよ」と、私に入浴の際に良いレシピを教えて下さいました。

レシピは、まとめて最後のページに紹介させて頂きますね。体の血の巡りが良くなると、体内のエネルギーの巡りも良くなります。体内のエネルギーの巡りが良くなると、全ての循環が良くなっていきます。つまり、良いこと尽くしなのが、この体の血行を良くするということなのです。

「運気を上げる方法、まあ、金運や健康運とかね。そういった運というのは、実は、このエネルギー循環のことを指す。だから、開運とか運気上昇を目指すなら、エネルギー循環をとにかく良くすることがポイントやで！　運気を上げたいなら、まずは、日常をしっかりと生きること。よく寝て、よく食べて、よく動いて、健康的な生活を送ることが運気上昇に繋がるんや。開運グッズ云々の前に、まずは自分自身の日常生活を見直すことからや。

特に、睡眠に問題のある人間が最近は多いな。寝ているようで寝てないんや。眠りが浅いと脳も休まらへんし、休も怠くなる。睡眠はとっても人間にとって大切なんや。それと、睡眠は魂にとってもエネルギーチャージのときや。睡眠中の魂は、良いモノやエネルギーだけを残して、自分にとってマイナスとなり得るモノはリセットできる。だから、しっかりと睡眠がとれてなかったら、魂のエネルギーも弱る。しおりが仕事で夜更かしして、一睡もせんと翌日も仕事したらどうなった？　倒れたやろ？　だから、夜更かしも睡眠不足もあかん。仕事の職種によっては、不規則な時間の勤務の方もいるだろうから、絶対ということではないが、ちゃんとしたバランスと睡眠時間は基本的なことや。眠りの浅い人は、ストレスの発散やリフレッシュもして、体を良いエネルギーで満たすことも必要やな。睡眠のときに良いレシピがあるで！　教えてあげるわ」と、龍神さんが、気持ちを落ち着かせたり、入眠しやすくなるレシピを教えて下さいました。詳しいレシピは最後に。

「運気を上げる方法も分かりました、ありがとうございます。巳さん&龍神さんが考える〝自分を大切にする秘訣〟って何かありますか？」と、聞いてみました。

すると、龍神さんが「元々、人間は自分本位に考える生き物やで。いや、自分本位にしか考えられへん生き物や。だって、肉体があるし、主観的なモノの見方になって当たり前や。でも、その中で皆それぞれコミュニケーションを取り合って、助け合って生きている。色んなルールやマナーを決めて生きている。これは人間にしか作り出せない立派で素晴らしい世界であり、生き方とも思う。それを、〝本音で生きろ！〟とか言う風潮なんて私達からしたら、可笑しなことを言っているなあとしか思わへん。

人間ってそもそも、言葉では表現できなくても、態度でも表情でも本音はあらゆる所に無意識に出てる。本音は無意識の中に組み込まれているんや。〝人の為に〟と思っている言動も結局最後は〝自分の為〟になる。それは何も悪いことじゃない。人の為に生きる、なんて思わなくて良いんや。皆、自分の為に生きたら良いんや。それは、ワガママとは違う。ワガママなのは、自分の主張だけをして、人の話も聞かない、モラルやルールも守らず、好き勝手に自己主張して、いとも簡単に人の心を傷つけたりする人間のことを言う。私達の世界からしたら、人の心を傷つけることも、とても罪深いことや。どこでもお構いなく自己主張する人間は、一見は風雲児にでも見えるかもしれないが、そういった人間は結局、最後は泣くことになる。この世で大丈夫でも、あの世に帰るときにね」と、龍神さんは、相変わらず、お酒を飲みながら教えて下さいました。

「へぇ～、なんか簡単なようで難しいお話ですね」と、お伝えすると、龍神さんが続けて「長々と話したが、結局何が言いたいか？と言うと、自分を大切にできるのは自分だけ。他人には何も求めるな。自分で自分自身に〝いつもありがとう、頑張ってるね〟と、伝えてあげることが一番や。言霊と言う、言葉に宿るエネルギーは、祈り以上に強いエネルギーの塊や。自分の肉体に自分で言い聞かせると、それが言霊となり、魂にまで響く。あとな、〝隣の芝生は青い〟と言う考え方を無くすこと。他人と比べたって、ちっとも良いことはないし、そもそも自分と他人は生きている環境もステージも違う。どう願ったって、憧れの人間にはなれないのだから。比べて良いのは、過去の自分自身だけ。それだけで十分。」と、教えて下さいました。

「そうそう」と、相変わらず頷きながら静かに聞いている巳さん。

その巳さんが、「私の考える、〝自分を大切にする秘訣〟とは、〝人生に失敗なんてない〟と言う考え方を持つことだと思うわ。いのちがある限り、何度も何度も、やり直しがきくのが人生。神々の世界のように、無限の世界が広がっていない、限られた環境や限られたいのちの期限がある〝この世〟だからこそ、色々な経験をして、たくさんの経験と感動を覚えた魂を、神の世界に持って帰って欲しいと思う。

辛く悲しい、悔しい経験は、感動や嬉しい経験以上に人間を強くする。例え〝失敗だ〟と感じても、反省して次に活かせば、より良い人生になっていく。他人のせいではなく、全ては自分次第よ。心込めて自分の人生を妥協なく歩めれば、それこそが自分を大切にする秘訣であり、長い目で見れば、妥協なく歩めた人生こそが、幸せと言えるだろうと、私は考えますよ」と、教えて下さいました。

「なんだか、すごく奥深いお話です！ ありがとうございます。そっか、悔しさや辛い経験も人生の糧になっていくのですね！ 怖がらずにどんどん、色んな経験を積むことが大切だと言うことも分かりました！」と、お伝えすると「どんなときも、どんなあなたも、神様は愛の眼差しで見守ってくれていますから、安心して。あなたの些細な努力も全て欠けることなく、見守ってくれていますからね」と、優しく返事を下さいました。

「そうそう、一つ伝え忘れていたことがあるから、補足しとくわ～」と、龍神さん。

「何ですか？」と聞き返すと、「未来の作り方の話や。〝あと一歩〟と思って前に進んでいくことが大切。そう意識して、進んでいくことで、自分の未来は作られていく。明日も明後日も、その先の未来も全て〝今、この瞬間〟自分自身が作っているということを自覚すること。先ほどの話にもあったが〝時間＝いのち〟と言うことを忘れずに。諦めるのも、誰かのせいにして逃げるのも簡単なことや。でも、それじゃあ、望んだ未来は遠ざかるばかりや。別れ道に遭遇したとき、他人には決して頼るな。頼るのは、過去に築き上げて来た自分の経験と、自分自身の気持ち、考えだけで十分」と、教えてくれました。

これは、耳の痛い話ですよね。駆け出しの頃の私は、〝他人に頼る〟という癖がありました。占いに行ったり、スピリチュアルカウンセリングに行ってみたり。自分自身の考えや思っていることは正しいのかどうか、私にとっては、そんな確認作業でもありました。でも、結局最後は「自分自身」なのです。自分の足で歩むしかない人生なので、一〇〇％占い等に頼るのはすぐやめました。

やめてからの方が、人生が楽しくなったのも事実です。それまでは、占いの通り「○月は△△したらダメって言われたから、我慢しよう」「○○さんとは運気の悪いときに出会ったから距離を保とう」とか、そんなことばかり考えて生活していたこともありましたが、占い等の鑑定結果に縛られて、今考えれば、自分らしくない人生を歩んでいました。

そんなある日、巳さん&龍神さんが教えて下さったのが、「依存心は人間をダメにする」という言葉でした。

「依存心かあ。なんだか難しいなあ」と、思っていると、それを目の当たりにする出来事が起こりました。

当時、私は看護師をしていたのですが、整形外科の病棟に配属されました。老若男女さまざまな年代の患者さんが入院されており、疾患も人それぞれ。首や腰、太もも等の手術が行われ、翌日からは少しずつリハビリを開始していくというような環境での看護でした。
同じ日の午前と午後に手術を受けられた同年代の患者さん。一人は何でも看護師に頼りリハビリも拒否。ベッドの横の物を取ったり、テレビのチャンネルを変えるのにも、ナースコールが鳴ります。もう一人は痛みがあっても自分自身でコントロールし、何でも黙々と一人でやりこなす方でした。依存心の強かった患者さんは車いす、自立心の強かった患者さんは杖で歩行して退院されました。「依存心と自立心」の本質を目の当たりで経験させて頂けた、私にとって大変貴重な経験となりました。

「ここで、一つ注意なのが、〝依存心と人に頼ること〟の違い」と、龍神さん。

「その違いが私もイマイチ分かっていない状態です」と、お伝えすると、龍神さんが続けて「依存心は全てを人任せにすること、そして、何かあっても人のせい。自分は何も悪くないと責任逃れもする。反対に、頼るとは、可能な範囲は自分自身でやることと。出来ないことや分からないことが分かっている人のことを言う。とにかく、自分の生き方に自分で責任を持つ！　ということや。これが出来ると人生を妥協なく歩む上で、少し楽になるなあ」と、教えてくれました。

「では、最後に幸せになる参拝方法もお伝えしましょうか？」と、巳さん。

「はい！ぜひお願いします！」と、お伝えすると「神社で祈るとき、どう祈っていますか？」と、質問が。皆様は、どのように神様の前でお祈りされていますか？

巳さんが「神様に祈るだけでは一方通行の思いになる。〝〇〇になりますように〟とか〝△△したいです。〟だけだと、神様方も〝へぇ～、〇〇になりたいのか〟と感じるだけ。だから一方通行。逆に、〝〇〇になりたいです。だから△△していきます。見ていて下さいね！〟と、神様の前で宣言することが大切。

△△の部分は何でも良いのです。無理のない範囲で、自分で出来ることであれば大丈夫。例えば、〝仕事で成功したいです。その代わりに私は、毎日トイレ掃除を続けていきます。〟というような祈り方で良いのです。この〝交換条件〟が大切。そして〝仕事を成功させる〟という意識も大切。交換条件を宣言して、やり続けることで、意識

付けが無意識に出来てくる。そうすると、気づけば叶っていることが多いんだよ」と、教えて下さいました。

私の鑑定時にも、巳さんや龍神さんが「叶えたいことをより自分自身に意識付けできるよう、毎日何かを続けなさい」と、アドバイスを下さることが多いです。

例えば、ストレスや緊張からお腹が痛くなってしまい、外出も億劫になり引きこもりがちになってしまった相談者さん。「お腹の調子を心配しなくても、楽しく外出や旅行を楽しみたいです」との相談を受けたときの鑑定結果は「まず、冷蔵庫の中の掃除をしなさい。しなびた野菜や期限の切れた物は全て処分し、冷蔵庫の中の棚など全て水拭きしてピカピカにしてみなさい。ピカピカを毎日保つことで、あなたのお腹の調子は良くなっていきます。胃腸関係が弱い方は、冷蔵庫のお掃除をすると改善することが多い。冷蔵庫は食べ物を貯蔵する場所、その場のエネルギーが綺麗に整えば、あなたの体内に入る食べ物のエネルギーも整う。そうすると胃腸の働きも整うから、あなたは必ず良くなる。毎日冷蔵庫を綺麗に保ちなさい」という内容でした。

その相談者さんは翌日に早速、冷蔵庫の中を綺麗にし、毎日ピカピカに磨いたそうです。そうすると、気づけばお腹の調子も良くなり、外出も旅行も楽しく行けるようになったと嬉しそうに連絡を頂いたことがあります。

他にも不妊治療を長年頑張っておられたご夫婦。ご夫婦とも病院で調べても何も悪い結果は出ないが、何年も子宝に恵まれないという相談でした。そのときの鑑定結果では「体内は整っている、後は意識の問題。不妊治療の辛さや落胆から、自分達は親として相応しくないのかもしれないと思い込んでいる。こういうときは〝育てる〟という経験から喜びを味わうと良い。ご夫婦で色とりどりのお花を育てなさい。毎日の水やりや、ときに栄養を与え、綺麗な花を咲かせなさい。そうすると〝育てる〟という夫婦の経験が自信となるから」との内容でした。

そのご夫婦は早速、辛い不妊治療をお休みし、花を育てるようになったそうです。それから3カ月ほど経った頃、自然妊娠で赤ちゃんを授かり、今は子育てを楽しんで下さっているようです。

このように、少し意識を変えるだけで、未来は必ず良い方向へ変わっていきます。全ては「意識の変換と行動力」になっていきます。神社の御神前ではぜひ、意識的にお祈りをしてみて下さいね。

「考えても悩んでも良い。十分自分で考えて答えを出すと良い。でもな、迷うな。迷ったら前には進めなくなるから。意識を変えるレシピをいくつか提示しておくから、何かに悩んだり、決断するときはレシピを参考にしてみなさい」と、龍神さんが今、強いメッセージを送って下さっていました。

私も巳さん&龍神さんが教えて下さる、レシピには、いつも助けられています。今日は様々なレシピの中から、より効果的なモノを紹介させて頂いて、終わらせて頂こうと思います。

〈巳さん&龍神さんが教えてくれた幸せになれるレシピ〉

【アロマバスソルト】（1回分）循環が良くなり、開運につながります

・大匙5の岩塩（またはバスソルト）

・ローズマリー（乾燥ハーブ、大匙1）

・レモンもしくはグレープフルーツのアロマ3滴

・ペパーミントのアロマ3滴

【寝る前に芳香するアロマ】気持ちも落ち着きます

・アロマディフューザーにラベンダーアロマ3滴、オレンジ、ベルガモットのアロマをそれぞれ1滴ずつ

【入浴時に良いアロマ】自分の芯がしっかり持てます

・ティートゥリー2滴・グレープフルーツ2滴・オレンジ1滴

【味噌汁レシピ1】

・長芋をすりおろして、豆腐のお味噌汁の中に入れる。最後に卵を溶いて入れる。これは、丹田のチャクラに良いレシピで、行動力もアップします。

【味噌汁レシピ2】

・カボチャとオクラのお味噌汁。これは、グラウンディングに良いレシピです。エネルギー酔いしたときや、ふわふわした感覚のときに。

【飲み物レシピ】

・はちみつ、レモン、生姜の飲み物。生姜はチューブでも可。ホットで朝食に毎朝一杯ずつ飲むのが良い。1日のパワーアップに直結するレシピです。

以上が誰にでも簡単に出来る、幸せになれるレシピとなっています。ぜひお試し下さい。

幸せになれるのは、あなたの「意識と行動力」次第です。「私には無理」と、何事も諦めずに一歩ずつ歩んでいきましょう。そっと応援して下さっている神様方はあなたの隣に必ずいて下さいますから。

望月アコ（もちづきあこ）

岐阜県出身、早稲田大学卒。
スピリチュアルコーチ。講演家。セミナー講師。

小さい頃からスピリチュアル体験を何度か経験し、世界には目に見えないものの存在もあるということを感じながら育つ。卒業後、大手企業に就職。安定した人生一直線のはずが、元夫の経営する会社の倒産をきっかけに人生の転換期を迎える。
学んだありとあらゆることを実践してもダメだったのに、最後にたどりついたスピリチュアル理論で人体実験したところ、ことごとく大激変。この経験を伝えたいとセミナー講師に転身。募集するセミナー・講座はほぼ満席。

専門は、好きなことをして人生豊かにする方法、お金、女性のためのビジネスコーチングなど。

アメブロ：あなたの宇宙と繋がる方法
https://ameblo.jp/citta-co/

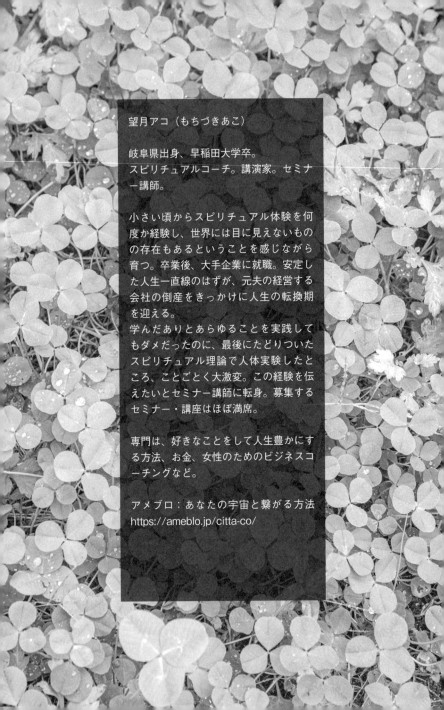

あなたがサイコーに輝く3つの方法

〜無一文だったシングルマザーが、宇宙とつながったら勝手に豊かになっちゃった！〜

望月アコ

〝ソウジャナイ、ソウジャナイヨ……〟

〝コンナンジャナイ、コンナンジャナイヨ……〟

突然ですが、ある日自分の内側からこんな声が聞こえてきたら、あなたならどうしますか？

「気のせいだよね？」と聞かなかったことにしますか？

それとも、怖くなって心療内科のドアを叩く？（笑）

あ、皆さん、こんにちは！

スピリチュアルコーチの望月アコです。

は？スピリチュアルコーチって何？

初めて耳にした方はそう思われますよね。

スピリチュアルコーチとはその名の通り、スピリチュアル（霊的なもの・見えない世界）からすると……という考察を元に、その人に必要なコーチングを行う仕事です。従来の、自己啓発や心理学といったものとアプローチは違えど、「こころ」を扱うれっきとした職業です。

最近は「こころの時代」と言われるようになり、スピリチュアルという言葉をあちこちで目にするようになりました。でも実際には「結局は何なの？」と思っている方がほとんどではないでしょうか？

私自身も数年前までは「スピリチュアルとか宇宙とか言う人って、うさんくさくて怪しい」と思っていましたから（笑）。

でもちょっと待ってください！

私たちの生活とスピリチュアルとは、元々切っても切れないものなのです。

例えば皆さんも、新年を迎えると神社に行ってお参りしますよね？ お葬式から帰ったらお浄めの塩を身にかけるでしょうし、旅先でたまたま神社が目に入ったからお参りしてみた、なんてこと、ありますよね？ 神道や陰陽道のことはよく知らなくても、気づけば日常生活の中でそういったことをしていると思い当たるはずです。

それと同じで、私たちの生活の中にある、自然への畏れや気配り、何とな～く「した方が気持ちいいからやっている」ようなこと、そんな何気ない日常の中にもスピリチュアルはあふれているのです。

私のやっていることは、そんな、目に見えないスピリチュアルの感覚を呼び覚まし、現実での自己実現に結び付けていきたい！ という方のためのコーチングなのです。

さて、少しだけ私の自己紹介をさせてくださいね。

望月アコ・1971年生まれ。岐阜県の田舎で、3人兄妹の末っ子として育ちました。

小さい頃からカンが鋭くて人見知りで、集団行動も苦手。たくさんの友達といるよりも、一人で本を読んだり、ぼーっと空を眺めていたりするのが好きな子供でした。

今でいうところの不思議ちゃん、天然ちゃんですね（笑）。

活発で勝気なタイプの母は、そんな私を見るのが歯がゆいらしく、いつも「早くしなさい！」「ハキハキしなさい！」と叱られてばかりでした。

でも、叱られて悲しいときや泣きたくなるとき、私には「自分だけの落ち着ける場所」がいくつかありました。

それは誰も来ないような空き地のすみっこや、草木の生い茂った場所です。

なぜなら、草木や花は、それ自体がとても良い波動を出しているのです。

その場にしゃがみこんで「今日こんなことがあったの、もういやだ、帰りたいよう」とつぶやくと、周りの草木はいつも「大丈夫、大丈夫」となぐさめてくれました。その草木たちの声（大合唱）を聞いていると、自然と自分の中の悲しみがスーッと引いていくのを感じたことを、今も覚えています。

今にして思うと、この「帰りたい」という気持ちも、どこからやってきたの？　どこのことを指しているの？　という気もしますが。

草木だけではありません。

動物や虫や雲や風、すべてのものは耳を澄ませばいつも私たちに語りかけています。

子供の頃にこのことを母に話すと「気持ち悪い、そういうことは人前で言っちゃダメ！」

自然はいつも壮大なシンフォニーを
奏でています。

と叱られていた私……。それが今となっては大手を振ってお話しして、それがビジネスにもなるなんて！　時代が追いついてきた、というのでしょうか？（笑）

私にとっては生まれたときから知っていたことをお伝えして、それで沢山の方に喜ばれるのですから、本当にこんなに嬉しいことはないと思っています。

話が少しそれてしまいましたが……、不思議ちゃんで、でも素直だった私は、現実的な両親の価値観を受け取りながらすくすくと育ちました。

絵や物語が大好きだったので、絵本作家かマンガ家になりたかったのですが、周りの「そんなことで食べていけないわよ！」の一言で断念。とにかく良い学校へ、ということで、高校は地元の進学校に進み、深い考えもなくそのまま早稲田大学にまで行きました。

そのまま大手企業に就職したあと、結婚退職、出産、というコースをたどり、絵に描いたような平凡な人生を送るはずだったのですが……。

なんと、リーマンショックで当時の夫の経営する会社が倒産し、次男が生まれたばかりだというのに、数千万円の借金を背負うハメになったのです！

順調だった会社をたたみ、返済できる借金は返済し、それでも足りない分はもう自己破産するしかない！と、夫とイチからやり直すことを決めたのですが、彼自身は破産のショックや、その後の就職活動がうまくいかなかったこともあって、うつ病になってしまいました。家からも出られないし、働くどころではありません。

幼い二人の子供と病気の夫、おまけに持ち金ゼロ！

双方の両親からは夫の起業時に借金もしたので、はっきりと「金銭的援助はしない」と言われてしまいました！人生始まっての大ピーンチ！！

私はとにかくてっとり早く稼げる仕事に！と、たまたまご縁のあった保険営業に飛び込みました。

人間って、やると決めたらやれるものです。不慣れな営業の世界でしたが、一年目には全国表彰され、三年目には新入社員の教育・指導も任されるようになり、お給料は順調に増えていきました。このままゆくゆくは支部長候補に……と言われていたのですが、その頃から段々と仕事がつらくなってきました。

なぜなら、保険というものは「万が一のときのための商品」です。死ぬとき、ガンで長患いしたとき、治療費がかさんだとき……、従来マジメだった私は、沢山の本や資料を読み漁り、あらゆるケースを想定して、お客様に提案を重ねました。なかには、若年性の病気で苦しむ方の手記や、突然の事故で全てを失った方達の日記など、涙なしでは読めないものが多々ありました。

今思えば、そんな風にのめり込む私だったから、沢山のお客様がついてくださったんでしょうが、でも、そんなイメージを毎日お客様にお話しすることに、私自身がつらくなってきたのです。

どうせ口にするなら、楽しいことや明るいこと、人に希望を与えることを話したい！　今思うと顔面まっ赤になりそうですが、当時は心からそれを渇望していました。

三年経過しても変わらない状態の夫との生活も、もう限界になっていました。

その頃はご飯を食べても味がせず、子供達の前でだけ頑張って笑ってみせる、そんな毎日だったのです。

子供達がいるから「死にたい」と思ったことはありませんが、「生きているのがこんなにしんどいなんて」という感覚です。ご飯の味もわからない、風景を見ても灰色に見える、笑顔の作り方もよくわからなくなってきた。

そんな日々が続いたある日……、

その夜は布団に入りながら、ふと「このまま朝になっても目が覚めなかったら、ラクだろうな」という考えが頭をよぎりました。朝を迎えるのがつらい……また同じ一日が始まるのがイヤだ……それでも朝になったら起きだして、子供達の前では元気なフリをしなきゃ……本当は大声で泣きたいのに。

そのときです。

どこかから小さく
〝ソウジャナイヨ……〟
という声が聞こえてきたのです！

「え？　何？」

と起き上がると、さらに声は言います。

〝コンナンジャナイ、コンナンジャナイヨ……〟

「何？　この声？　どこから聞こえるの？」

と困惑する私を残し、それきり声はピタリと止まりました。

錯覚？

幻聴？


でもなぜだか、私はその瞬間思いました。

「うん、そうじゃない！」

そしてそのときにハッキリと、自分はここにいるべきじゃない！　と心が決まったのです。

その翌日、私は主人と離婚することを決めました。主人は最初承知してくれませんでしたが、まずは子供達を連れて別居することになり、その5年後には円満離婚することができました。

別居当初、子供二人を連れて新生活をスタートすることにして、その傍ら、あの声の正体を知りたくてたくさんの本を読み漁りました。同じような体験をされた方達の書いたものを読み、気になる人にはどんどん会いに行きました！

ソウジャナイ‥
ソウジャナイヨ
‥‥
「何この声？」と思うと同時に、
「あ、これは私の声だ」とも思った事を覚えています。

その結果、声は自分の内側からの声であり、ハイヤーセルフからの声だということに気がついたのです。それが、私がスピリチュアルを深く学ぶことになったきっかけです。

そんな私から皆さんに強く言いたいのは、私の身の上に起きたことは決して特別でも何でもないということです。

今はスピリチュアルコーチとして全国をセミナーや講演で飛び回っていますが、私の経験と「あなただけの宇宙と繋がる方法」をお教えすると、ほとんどの方が自分の中の本当の声に気づけるようになります。

これまでも受講後にはたくさんの方に「本音（本当の望み）って、お腹の底からあったかくなるものなんですね！」とか、「生まれてきて、今が一番楽しいです！」という嬉しいお声をいただいてきました。

だからこそ言えます。
あなたの人生が今思うように進まない、何だかモヤっているというのなら、それはあなたの能力に問題があるわりではなく、あなた自身がまだ「本当のあなた」を思い出していないだけなのです。

そしておめでとうございます！（笑）

この本を手に取ってくれたあなたは、私の出す「あなたはもっと輝ける」という想いを無意識に受け取ってくれて、その結果このページを開いているはずなのです！

この文章の中では、そんなあなたに「自分の輝きを取り戻すカンタンなヒケツ」を、3つのポイントに絞ってお伝えしたいと思います。

①私たちはみんなつぶつぶで出来ていることを理解する

まず最初に。

宇宙の法則やスピリチュアル本を読み漁った方なら、「この世界のものには全て波動がある」という言葉を聞いたことがあると思います。

波動……ハドウ……何それ、難しい……おまけに少しうさんくさい？　と、ドン引かないでください（笑）。

波動の理論自体は量子力学（最新の物理学）の世界でも証明されていますし、あなたも記憶のはるかかなたをひもとけば、高校のときに「分子は～、原子核と電子から構成されて～～」なんてお念仏みたいな授業を受けた記憶があるはずです。

イメージとしては、私たちの体を超高性能の顕微鏡でどんどんクローズアップする感じを想像してみてください。

どんどん、どんどん、あなたのお肌をクローズアップしていくと……、あなたの皮膚は一枚の紙ではなく、小さな小さな細胞の集まりであることがわかるはずです。その数およそ60兆個！

世界中の全人口が70億人といわれていますから、これはとんでもない数字です。私たちって地球上の人口の一万倍近い数の細胞の集合体なのです！　まさに一人一人が小宇宙です。

その細胞一つ一つをさらにクローズアップしていくと……その中にも、もっと細かいつぶつぶが！　そしてそのつぶつぶは常に振動しているというのです。

私は科学者ではないので、その有り様を目で確認したわけではありませんが、この理論を知ったときに「やっぱり！」と体が震えるほど感動したことを覚えています。

なぜなら、前述の文章で私は「すべてのものは私たちに語りかけている」と言いましたよね？ これは、私たちの体も例外ではないのです。

私は起業する前に、ほんの少しだけ「ボディタッチリーディング」というメニューを実施していたことがあります。（現在、こちらのメニューは終了しております）これはどういうものかと言うと、約一時間のセッションの中で、前半はお客様との対話、後半はその方の体の一部（主に腕）を触りながら、その人に向けられた「体からのメッセージ」を読み取って言葉に変換する、というものでした。

その方の生き方や考え方、普段のクセなどは、すべて体の中に記憶として残されます。宿主（とでも言えばいいでしょうか？）が幸せで、人生を満喫しているとき、体の細胞一つ一つはとても軽やかに楽しそうに歌っています。

反対に、宿主がつらくて、苦しくて、人生の中に行き詰まりを感じているとき、体の細胞は全力であなたに訴えかけています。それが人によっては痛みだったり、原因不明な症状だったり。

でもすべての体に共通して言えることは、宿主であるあなたを深く愛しているということです。

宿主が幸せなときは整ったハーモニーで、そうでないときは不協和音のような音の重なりでの表現ですが、その音楽の底に流れているのは「（あなたを）愛しているよ、愛しているよ」というとても小さな歌声なのです。

私がお客様の体に触って、しばし体のメッセージを読み取っていると、シンクロしてその子たちに気づかれてしまうこともよくあります（笑）。

私がメッセージを読み取れることに気づくと、すべての子たちは喜んで「（宿主に）伝えて！　伝えて！」と粟だって合唱を始めます。

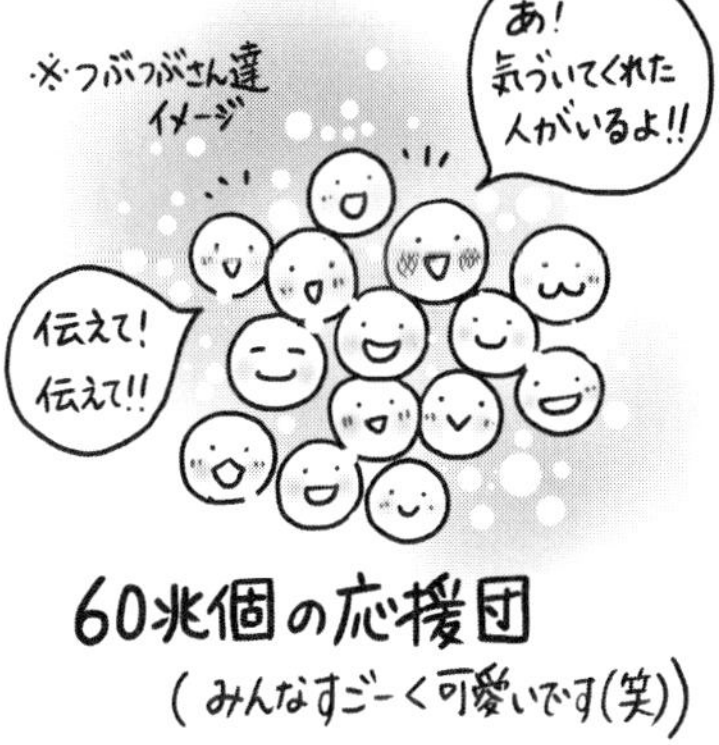
※つぶつぶさん達イメージ
あ！気づいてくれた人がいるよ!!
伝えて！伝えて!!
60兆個の応援団
（みんなすごーく可愛いです（笑））

「何度も伝えているのに届かないの！」

「私たちが愛していると知ってほしいの！」

言葉にすると、こんな感じでしょうか。

この合唱を聞くたびに私は、人間ってなんて素晴らしい存在なんだろうと感動します。


だから、もし今この文章を読んでいる方で「私なんて貯金もなければ、パートナーもいないし、会社での仕事ぶりもイマイチだし……」なんて思っている人がいたら、そんなことは決してありません。あなたにはいつでも、60兆個ものあなた専属の応援団がついているんですよ！

しかも、量子力学の世界から言うと、あなたの体を構成する粒子と、ほかの誰かを構成する粒子とは、頭で想像するほどには離れていないのです。

怒りっぽくてピリピリしている人がそばに来ると、あなたも何だかピリピリするし、反対に、穏やかでにこやかな人がそばにいると、なんだか和んだりもしますよね？

つぶつぶたちは、あなたであると同時に、あなたが思う以上に、周囲からの影響を受けやすいのです。

だから「自分のつぶつぶたちが元気ないな……」というときは、ぜひあなたのテンションが上がるライブや講演会などに出かけたりして、幸せ感を伝染させてくれる【場】に足を運ぶといいでしょう。生の場がすごくいいのは、全身でシャワーを浴びるように、つぶつぶたちの振動を受け取れるからなのです。

自分の輝きを取り戻すコツを実践するその前に、まずはあなた自身が、そんな楽しいつぶつぶで出来ているということを理解してほしいと思います。

②自分の波動を整える

さて、具体的な実践方法ですが、自分の波動を整えるには「良い場」に身を置くことが一番です。

「じゃあ、毎日ライブに行けばいいの？」

いえいえ、そういうことではありません。

もちろんライブも楽しいですが、それはいわゆる「ハレ」の場。昔でいうと、年に2、3回の村をあげてのお祭りのようなものです。いくらお祭りが楽しくても、毎日毎日お祭り騒ぎをしていたら疲れてしまいますよね？

ハレの日があれば、ケの日もある。

ハレの日の盛り上がりも良いですが、普段の生活の大半を占めるケの日もぜひ大切にしてほしいと思います。

ちなみにどっぷりスピリチュアルにハマった今では、私は「自分をゴキゲンにすることは、人間の義務である！」とさえ考えています（笑）。

義務は言い過ぎかもしれませんが、あなたが人生を豊かにしたいのであれば「自分を心地よく保つ方法を知っておく」ということは欠かせないことなのです。

私はこれを「自分トリセツをつくる」という言葉で表現するときもあります。

自分はどんな人間？
どんな両親のもとで育って、どんな風に生きてきて……。
こういった「私って何者？」という文章を、ノートを開いて、2時間でも3時間でも書き出すのです。

初めての方にこのノートワークをしてもらうと、最初のうちは大抵「外殻的」なことが出てきます。

生い立ち、出身校、勤め先の企業名、肩書、家族構成……。それも全部書き出して、さらに進めてもらうと、徐々に書くことがなくなって、意識は内側に向かわざるをえなくなります。

例えば、自分はみかんが好きでバナナは嫌い。絵を描くことが好きで、エクセル表計算は大嫌い。人見知りだけど猫や犬には異様に好かれる。子供の汗ばんだこめかみのにおいをかいでいると至福を感じる、などなど。

以前に開催したセミナーでは、「ダンナさまの背中の毛を抜いているときに何とも言えない幸せを感じる」なんて方もいらっしゃいました（笑）。

その「あなただけが持っている、なぜだかよくわからないけれど、好きなもの・嫌いなもの」の中にこそ、あなたの本質があります。

好きなもの・嫌いなものというのは本来、理屈ではありません。理屈（後付けの説明）ではないからこそ、あなたの根っこの「変わらない部分」を教えてくれるのです。

できれば、この「私とは○○な人間である」という文章を、箇条書きで百個以上書き出せたらサイコーです。なぜなら人間は三〇個くらいまではカッコつけたよそ行きモードの自分が出てくるものですが、百個書かなきゃならないとなると、そんなカッコつけができなくなるからです。

そして百個文章を書き出すうちに、自分の中にいつも共通するキーワードのようなものがあることに気づきます。

例えば、私がスピリチュアルを深く知って、最初にこの自分トリセツをつくったときに書いた作文はこんな感じです。

・私は昼寝が大好き
・私は日向ぼっこが好き
・温泉が大好き

そこから見えてきた私のキーワードは「ゆったり」でした。

思えば、子供の頃の私はスローペースな、のんびり屋さん。自然の中に身を置いて、ゆったりすることが大好き。それがいつしか「バリキャリにならなきゃ……」と自分を追い込んで、ヒマな時間や余暇を持つことに必要以上に罪悪感を覚えるようになっていたんですね。

結果、ゆったりする余裕のないイライラで、部下に当たり散らしたり、家族にトゲトゲしてみたり。

自分トリセツを見直して、「ああ、私って自分に対して、こんなにゆったりすることを禁じていたんだなあ」とすごく自分に対して申し訳ない気持ちになりました。

本当はそうしたくてたまらなかったのに！

それに気づいてからは、今まで自分のためには使えなかった有休を取ってみたり、家事を少し手抜きして、すき間時間で15分昼寝をしたり、とにかく自分をゆるめることに真剣になりました。

中でも一番効果的だったのは、「イヤなことを手放す」です。

自分トリセツを見ているうちに、「ゆったりしたい」とは別に、あることもたくさん出てくることに気がつきました。それはイライラトゲトゲして、何だか気が滅入って、やればやるほど疲れてしまうこと！

つまり「自分の好き」を探ったら、おのずと「自分の嫌い」もズルズルと出てきたんです。

ノートワークで出てきた「好き」を自分に与えてあげよう。

私の例だと、

・30分早く出社して、皆の机を拭くこと
・エクセルで表計算をしたり資料を整えたりすること
・単調な伝票処理

などです。

最初に挙げた昼寝や日向ぼっこが、私にとってはゆったりできて、すればするほど大きく深呼吸できるイメージなのに対し、これらはやればやるほど元気がなくなって、顔色が土気色になってしまう出来事です。

どんなに有休をとっても、どんなにお休みの日に昼寝をしても、この業務が変わらない限り、心からゆったりくつろぐことはできません。

そこで私は、「自分を心地よくして、会社でもゆったりと仕事に臨めるようになるにはどうしたらいいかな？」と真剣に考えました。

まず最初の「30分前出社」は一番カンタンです。もうしない！と自分で決めるだけですから（笑）。元々誰かに頼まれたわけでもなく、自分がいい人に見られたくてやっていただけ。いわゆる他人軸の評価を気にしていたのです。そこで、決めた翌日からは始業ギリギリで出社することに決めました。

もちろん最初は「みんな何て言うかな……、変に思われないかな……」とビクビクでしたが、実践してみたら何てことはありません。一番年配の上司だけが「お、望月！今朝は重役出勤だな～」とからかっただけで、それから毎日はそれが普通になりました。

今までやらないことをやったら周りに責められる、と思っているのは、自分だけだったのです！世界って優しい！（笑）。

「何だ、思ったより簡単に行ける！」と味をしめた私は、それ以外のイヤな業務にも着手してみました。

表計算を使った資料づくりは自分一人の問題ではないので、上司に「本当に7年分必要ですか？ 5年分でも変わらないのでは？」と提案したり、実は同じように無意味だと思っている仲間を探したりしました。

また、伝票整理が神レベルに早い先輩に「先輩の持っている業務で不得手なものと、伝票整理とを入れ替えていただけませんか？」と頭を下げてお願いしたり、お菓子を差し入れて、先方にも気持ちよく変わってもらえるよう配慮したり（笑）。そのほかにも、思いつくありとあらゆる方法を試してみたのです。

もちろんその全部がうまく行ったわけではありませんが、結果2分の1くらいの要望は通り、以前に比べてイヤで仕方ない業務は減り、ウキウキルンルンと仕事をしていられる時間が増えたのです。おまけにその提案が評価されて、その年の人事考課は今までの最高点！ 年間50万円の給与アップになったのです！

私からすれば、イヤな業務が減って得意な業務が増え、それまでよりも作業効率も上がるし、他の人たちとのチームワークも良くなるし、ニコニコウキウキで仕事ができるようになるし。

会社からすれば、業務短縮の提案をしてくれたり、頼まれもしないのにチームワークを良くすることに貢献したりしているんですから、これって考えてみれば当然ですよね。

いわゆるＷＩＮ−ＷＩＮの関係です。

バリキャリのフリをして全部一人で抱え込んでいたときには、遠い宇宙の話だったＷＩＮ−ＷＩＮが、自分のトリセツを作って、自分のダメさを認めたとたんに可能になったのです！

だから、もし好きなことがわからない重度の不感症のあなたは、まずは自分トリセツを作って、イヤなことを消していくことからスタートされればいいと思います。

だって、イヤなことを自分の人生から消せれば、結果、その先にあるのは好きなことの詰まったチョコレートボックスのような人生なのですから。

③直感を大切にする

さて、ここまでにお伝えした2つは、いわば「自分という神さまを思い出すためのお掃除」みたいなものです。いわば、魂のみそぎ。


生まれてきたときにはツルツルでピッカピカの神さまだったあなたは、地球という惑星で生きるため、地方のローカルルールをインプットせざるをえませんでした。

それが「ガマンが大事」とか「お金の話をするのはいやらしい」とかの、その時代のその国の独自の価値観です。国の、というよりは親の価値観であることがほとんどです。

親に愛されたい、役に立ちたいと願ったあなたの魂は、彼らの口ぐせを大切に守ろうとして、自分の中の違和感を抑え込んで生活してきました。

その結果、自分は何が好きで、何がしたいのかがわからなくなってしまったのです。

自分が常に波動を出していると知って、自分トリセツを作ってコツコツ行動を重ねていくことは、実は地味で細かな作業です。

スピリチュアルって、アロマを焚いたり、ホテルのサロンでお茶したりして自分を癒やす、そんな優雅なイメージがあるかもしれませんが、本当に幸せに豊かにスピリチュアルを語る方たちの日常って、結構地味だし落ち着いています。

もちろんときには羽目を外して、豪華客船クルーズや昼からシャンパン　チーンもいいですが、それはあくまで時折のハレの日。

なぜなら、自分の中に内在する神さまの声って、静けさの中でこそよく聴こえるものだからです。

あなたが日々自分の波動を整えるということは、神社を毎日コツコツお掃除するようなもの。雑草を抜いて、床を雑巾がけして、きれいな打ち水をして。そうやって自分の神さまを大切にして「気持ちいい！」を感じ続けると、ある日ふとサインがやってきます。

「何だかエンジェルナンバーをよく見るな〜」
とか
「同じ単語を何度も聞くな〜」
とか
「急に思わぬ人事異動になった！」
なんてときも、それはあなたへのメッセージです。

まずはその出来事を（エンジェルナンバーであれば、その数字の意味を調べて）ノートに書きとめて、目を閉じて、その意味について思いを巡らせてみてください。

何だかキュンとする、ほわーっとあったかい、気持ちいい、ならば、その出来事に向かって一歩踏み出してみましょう。

それ以外にも、ふと浮かんだ言葉や行動は必ずノートに書きとめることをおススメします！　なぜなら、ふと浮かんだ想いや言葉は、自分の神さまからの「豊かさへの道しるべ」。それに従えば、もっと豊かに自分を生きられるよというサインなのです。

私も以前は、お散歩のときにヒップポケットに入るくらいのミニノートとペンを持っ

直感を信じることが
自分の神さまと繋がる
第一歩です。

て、必ず散歩中に浮かんだ言葉を書きとめるようにしていました。（お散歩のときって、頻繁にサインが降りてくるんです！）

ペンがお尻に当たってチクチクするので、今はスマホをポケットに入れて、音声入力でメモを取るようにしています。どちらでも、あなたにあった気持ちいいやり方を選ぶことが大切です。

頑張り女子ってつい、眉間にシワを寄せて、体に力を入れることが良いことと思いがちですが、本当にあなたの真価が発揮されるのは、リラックスして大きく息を吐いているような状態のときです。

適度にリラックス、適度に活動的、適度に落ち着いている。こんなときは、視野も広いし、物事にもあまり動じないし、人に対しても穏やかな心持ちでいられると思います。ぜひ、そんなベストな状態で降りてきたメッセージを聞き逃さないようにしてくださいね。

メッセージには「そう！　それがやりたかったの」というわかりやすいものから、「なぜこの単語が……？」みたいに全く意味のわからないものもあると思います。なぜなら宇宙からのメッセージは壮大すぎて、今の自分では推し量れるものではないからです。だから例え意味がわからなくても、サインを感じたら一度は試してみてほしいと思います。

私の例ですが……、私は起業して3ヶ月目に月商7桁を達成しました。そして、半年で8桁達成目前！　というときに、何だか自分の中のエネルギーが、すごい勢いで消耗していることを感じました。どうやら楽しくて無我夢中で走り続けてきて、オーバーペースを起こしていたようです。

そんなときに、なぜかそこかしこで「バリ島」というキーワードを目にするようになりました。とにかく行く先々でバリ・バリ・バリ！（笑）。会う人の話題にも、美容室で美容師さんに渡された雑誌にも。私は普段ほとんどテレビを見ないのですが、ふと家族がつけたテレビでもバリ特集！「これはバリに行きなさいってことなのね～」

と思った私は、チケットを取って、バリのこともよく知らないまま出発しました。

突然の旅行ですから、予定も何もありません。

ホテルで夜明けとともに起きて、夜はぼーっと夕焼けを眺めて。徐々に観光地化が進んでいるバリですが、道を歩けばあちこちに小さなお堂があったり、お供え物をしているおばあちゃんに出くわしたり。

暮らしの中に神さまがあって、生活の中に信仰心が根付いている。そんなシーンにたくさん出会うことができました。「昔の日本もこんな感じだったのかなあ……」と思ううちに、何だかスカスカになっていた自分の心が満たされていき、深い感謝を覚えることができたのです。

日々の生活とスピリチュアルをもっと融合させたい！　今の日本人が忘れかけている感覚を取り戻すお手伝いがしたい！　と、旅行後には沢山のアイディアが湧いてきて、結果、バリから帰った3ヶ月で、それ以前の半年の収入をグンと大きく超える結果になったのです。

もちろん、お金はあくまでも結果ですが、あのときに直感を信じてバリに行ったからこそ、自分の軸を立て直すことができたと思っています。

あなたも思い返せば、「あのとき直感に従ったら、信じられない出会いがあった」とか「この人に無性に会いたいと思って行動したら、すごいヒントが降りてきた」みたいな経験があると思います。

ぜひ、そんな内なる【サイン】を見過ごさないでほしいと思います。

冒頭でお話した「どこかからの声」、これが私にとっては大きなサインでした。あのときの私は、本当に精神的にも金銭的にも追い詰められていました。実はここでだけコッソリ言いますが、元夫に勧められて一度は心療内科にも足を運びました。（直前で逃げ出しましたが 笑）

だから、私は決して強い人間ではありません。

凹みやすいし傷つきやすいし泣き虫だし。

けれど、ただ一つ私が自慢できるのは、自分の内側の声を無視しなかったことです。

元夫と別居してからも順調なことばかりではありませんでしたが、いつも難しい状況に出会うたびに自分に聞いてきました。


「本当はどうしたい？」

「本当のあなたには何がふさわしい？」と。


自分を整えて、静けさの中で「無」の時間をとることで、自分はいつも自分の問いに最善の形で答えをくれます。あとは、それを実践するだけなのです。


何度でも言います。

私にできたことは、あなたにもできます。

自分の人生を豊かにするために必要なものは、才能でも努力でも勇気でもありません。どんな状況でも自分を信じるチカラと、「自分を知りたい」という好奇心、この二つなのです。あなたがあなたを信じることをやめず、「自分を知りたい」と望む限り、あなたはもっと輝けるのです。

私のこのエッセイが、あなたにとって、本当の自分を思い出すきっかけになれれば幸いです。

宇宙の力って本当にすごいし、その一部として生まれたあなたも計り知れないほどすごいんだから！

装丁／冨澤 崇（EBranch）
編集・校正協力／大江奈保子
編集・本文design＆DTP ／小田実紀

ショートエッセイ
或る日常のなかのスピリチュアル

初版1刷発行 ● 2020年5月22日

著者

稲津《いなづ》秀樹《ひでき》　亀岡《かめおか》さくみ　黒田《くろた》充代《みつよ》　小角《こすみ》亜紀子《あきこ》　高橋《たかはし》満美《まみ》
中野《なかの》美香《みか》　原田《はらだ》貴子《たかこ》　福島《ふくしま》歩《あゆみ》　松井《まつい》しおり　望月《もちづき》アコ

発行者

小田 実紀

発行所

株式会社Clover出版
〒162-0843 東京都新宿区市谷田町3-6 THE GATE ICHIGAYA 10階
Tel.03(6279)1912　Fax.03(6279)1913　http://cloverpub.jp

印刷所

日経印刷株式会社

ISBN 978-4-908033-70-4　C0011